Comment je suis devenu un gros con

Léon Theux

Comment je suis devenu un gros con

Autofiction

En application de l'art. L.137-2.-I. du code de la propriété intellectuelle, toute reproduction et/ou divulgation de parties de l'oeuvre dépassant le volume prévu par la loi est expressément interdite.

© Léon Theux 2025

Édition : BoD · Books on Demand, 31 avenue Saint-Rémy, 57600 Forbach, bod@bod.fr

Impression : Libri Plureos GmbH, Friedensallee 273, 22763 Hamburg (Allemagne)

ISBN : 978-2-8106-2365-5

Dépôt légal : mars 2025

Photographie : anna-m. w. et OpenArt ai

Préface

Puisque dans ce monde contemporain le sexe est aussi vital que l'oxygène pour survivre, qu'en est-il de la violence, l'obscénité et l'abandon de soi-même ?

Cet ouvrage incite à s'interroger au plus profond de ses entrailles en les saisissant à mains pleines, se regarder en face, s'instiller dans ses eaux vaseuses, et croupir tout en s'éclaboussant.

À l'instar d'un café noir, amer et bien serré, il demeure le précurseur d'une longue et éprouvante journée où le caustique batifole avec un éternel lever d'aube.

Lolita Jnecolazik

Avant-propos

C'est fait, dans quelques heures, je m'écraserai. Je m'apprête à m'écraser contre cette réalité que je vais t'envoyer à la gueule. Je suis ainsi, j'ai passé ma vie à ne pas dire, à être ce mec un peu fade. Sans réelle envie. Sans réelle intention. Et là, je vais dégueuler ce personnage à moitié fictif… Seulement à moitié… Et encore, une petite moitié… Juste de quoi protéger l'intimité de certaines personnes et apporter quelques ressorts narratifs. Mais il est sans doute beaucoup moins faux que je ne l'ai jamais été. Il se dissimule moins que je ne me suis jamais dissimulé.

Alors oui, je sais que ça changera forcément quelque chose entre toi et moi. Je le sais, parler, écrire… C'est peut-être toujours prendre un risque inconsidéré. Mais je me suis dit que le danger faisait peut-être partie du sel de la vie… Peut-être…

Léon Theux

Chapitre 1

Samedi 30 septembre 2017

Hier, je vivais dans ce temps où rien n'était aussi terrifiant que l'impossibilité d'une autodestruction salvatrice quand elle apparut sur mon écran de vieux con infirme et obscène.

Moi : Tu cherches quoi ici ?

Elle : Ce que tu veux…

Moi : Que pourrais-je vouloir ?

Elle : Tu te touches ?

Moi : Je me touche de temps à autre…

Elle se caressa les seins sans conviction…

Moi : Mmmmmmmmmmmmmmh !

J'adore les « mmmmm » ! Évocateur, rapide et reposant pour mes petits doigts d'infirme. Juste l'expression d'une névrose désirant sans fatigue. Un placement rentable ! Je lui balance mon envie à peu de frais.

Elle : Touche-toi !

Elle : Montre-moi !

Je sortis ma queue avec ma main spastique pendant qu'elle continuait à se peloter.

Moi : Ça donne envie…

Elle : Et je me montrerais…
Moi : Oui
Elle : Oooh !
Moi : À toi !
Elle sortit la graisse flasque de ses nichons.
Moi : Trop beau…
Elle : Je te la sucerais bien !
Il me restait plus qu'à éjaculer mon désespoir…

Ce soir, je déambulais perdu. Quelque part dans ce petit recoin obscur et déraisonnable de la toile: Camacam.fr. Vague site de rencontre vidéo au concept innocemment perverti. Le peuple y défile. Posé devant son écran. Face à sa webcam. Et Toi, tu décides si tu lui causes, tu l'insultes ou tu l'envoies paître. Tu acceptes qu'il fasse la même chose de toi. Tu n'es que ce pantin informe au fond de nulle part. De toute façon, aller vers les gens, c'est un peu comme aller aux chiottes, tu sais que ça va finir par puer, mais pour le moment, ça fait du bien.

En vrai, seules y traînent quelques verges désespérées et désespérantes. Quelques bites inaccomplies. Elles se baladent tellement ici que je me demande si elles sont amarrées au reste des corps… Tout ça n'est qu'un flot de vagues partouzards indécis ! Dragueurs incompétents ! Durs de la queue, mais flasques de la tronche ! Ces univers pathologiques défilant devant moi, je devenais ce rapace recherchant une petite chatte plus ou moins innocente égarée dans ce monde sauvage. Je n'étais qu'un personnage obscène dans un marécage d'obscènes personnages. Caricature de dépravé houellebecquien. Happé par cet endroit insalubre. Il constitue un peu d'absolu. De plus vrai dans la médiocrité ! Exprimant la part de nous que l'on a refoulé de manière inhumaine… Glauque parmi le glauque dans la galaxie infinie des destinées écrasées.

Et puis, au fond de ce néant, elle apparut. Paire d'ovaires perdue au fond de quelques pixels. Grotte à fantasmes moribonds ! Juste là pour me faire comprendre que j'avais toujours une bite ! Une bite pathétique, mais pas une bite honteuse. Une bite qui se montre ! Une bite qui explose devant elle comme un bébé hurle devant sa maman pour lui crier « J'existe ! » Ma queue exista même si je demeurais un vieux con obscène et infirme qui tourmente le monde sans remords. Même si je l'affirmais et je le mettais en présentation. Elle était devenue cette petite perle d'égo au fond d'une cervelle assassinée…

Chapitre 2

Vendredi 13 octobre 2017

Ce soir, je reste recroquevillé devant le magazine *« Notre Époque »*. L'émission emblématique de *TéléVision France-Monde* (*TVFM* pour les intimes). Il en va de l'audiovisuel dans sa version la plus dépouillée ! Un animateur et trois invités autour d'une table en verre. Peut-être pour souligner que l'actualité devrait être transparente… Peut-être…

Je désespère ! Ma perversion aussi désespère. Elle se fait ratatiner par l'info. L'os médiatique du moment se ronge autour de l'« Affaire Weinstein ». Balance ton Porc pour s'agglutiner dans la trivialité. J'aime la trivialité ! Elle défèque dans la clarté et la concision sans se perdre dans la circonvolution. En même temps, je suis quand même un peu un mec… Mes neurones se connectent rarement pour écouter parler ! Surtout quand ça se complique. Comme dans ce dialogue entre Christian Coiffeur, reste d'un éternel patriarcat omniscient, Évelyne Martin, une obscure sociologue aux allures de soixante-huitardes et Christelle Amiet, cette bonace à l'attractivité un peu surdéveloppée.

— On vit peut-être un moment où la norme sociologique change où demain ne sera pas réellement comme aujourd'hui. Je ne sais pas ce que sera demain… Je ne peux pas le savoir, mais je peux avoir cette sensation que quelque chose peut changer. Que le soufflet ne va pas totalement retomber… proclama Christian Coiffeur.

— C'est que l'on vit une époque où la libération sexuelle tombe en désuétude, on peut penser à un retour à l'ordre moral dont on parle finalement depuis le début des années 2000 et des histoires comme les affaires Cantat, ou Strauss-Khan, bien évidemment ! rétorqua Évelyne Martin.

— La libération sexuelle n'était qu'un moyen, pour les hommes, de s'approprier le corps des femmes ! s'exclama Christelle Amiet.

Elle me donnait juste envie de lui en mettre une, à Mme Amiet ! D'éclater son petit cul serré contre les maux de ma haine ! De lui fracasser sa pudibonderie à coup de métaphore salace !

Après un instant de réflexion

Je sais. Je sais, ces mots tombent dans l'insensé. Dans le grotesque. Dans le dérisoire. Et pourtant, ils ont besoin d'être dégueulés ! Quelque part, au fond d'une liaison inter-synaptique… Dans le vacarme de ma cage neuronale… Je veux juste être ce porc que je n'ai jamais pu être ! Celui qui détruit au lieu de se faire détruire. Celui qui agresse avant de se faire agresser. De se faire agresser par lui-même. Par sa propre cervelle ! Par ses propres pulsions ! Par ses propres désirs inexprimés. Je veux être un porc que l'on balance ! N'être qu'un porc ! Mais pas un porc que l'on castre. Que l'on cajole jusqu'à ce qu'on l'égorge. Pas l'égérie de *Cochonou*. Je veux être celui qui s'autorise à se rouler dans la boue ! Dans la merde. Se rouler dans la merde avec les autres. Être celui que l'on n'aime pas. Celui que l'on hait tant il prend sa place ! C'est ainsi, au fond de moi, ma haine du féminin me rend très jaloux de ces gens qui ont su agresser. Qui ont juste affirmé leurs biroutes ! Agis avec leurs couilles ! On est peut-être tous des verges sur pattes, après tout…

Et moi, je me hais ! Mon inhibition sexuelle m'a toujours conduit à la haine. À la haine de moi ! À la haine des autres ! À la haine de ceux qui m'entourent. Ces salauds, ils m'aiment alors que j'ai juste besoin que l'on me laisse me haïr en paix. Que l'on me laisse être haït en paix…

Chapitre 3

Lundi 16 octobre 2017

Désolé, je ne pense pas à me présenter. J'ai parlé du moi pervers. Du moi drogué à l'info, mais j'ai oublié de parler de moi… Léon, 40 ans, infirme et biologiste décadent. Une vie sexuelle estropiée ! Un avenir qui ne se conjugue qu'au passé. L'histoire d'un corps qui dérape. D'un cœur fossilisé. D'une matière cérébrale en putréfaction. Je suis né pour être ainsi : une pure inutilité ! Né pour être néfaste ! Pour m'être néfaste ! Un mec qui fait mal. À qui on fait mal. Qui se fait mal. Qui s'assassine jour après jour. Qui ne fait rien. Qui ne produit rien. Qui n'apporte rien. L'archétype du surnuméraire. Celui qui n'aurait jamais dû vivre. La preuve que Dieu n'existe pas ! Comme si je pouvais être cette preuve… Je m'en fous, ça fait du bien de flatter son ego de temps à autre.

Ma vie trône sans réel but… Un parcours scolaire sans saveur. Un destin infécond. Des rapports humains assassins. Cafards à éradiquer ! J'ai toujours été ainsi. En perpétuelle tension avec le monde qui m'entoure. Avec cette chose qui ne se repose jamais. L'affaire d'un contrôle éternel. L'impression que l'autre n'était qu'une probabilité de malheur. Un truc à crever avant qu'il ne me crève ! Tout a commencé le jour où j'ai compris que l'amour de mes parents ne me rendait pas heureux même s'il était infini… Je serai, à jamais, un connard plus à l'aise dans un monde qui détruit que dans un monde qui construit…

Sinon, je suis un mec plutôt simple. Un peu comme tout le monde ! Un grotesque tas de contradictions ! Un merdier ontologique ! Sac à foutre cérébral ! J'aime les gens, mais ne supporte pas leur présence. Étonnants petits mammifères avec miroir à ego démoniaque. C'est ainsi. Je les aime ! Ils me fascinent ! Mais je n'arrive pas à me soumettre à leurs attentes. À me dire que je dois être ce qu'ils veulent que je sois. Leur affection c'est le goulag et pourtant, j'y reviens toujours. À part ça, je suis un amoureux des lettres dyslexique. Fasciner par des drogues qui me terrorisent ! Accro à un alcoolisme mondain gerbant dans son inefficacité. Il ne me laisse que le dégoût de ne pas séduire ou la haine d'être aimé ! Tout comme l'étudiant que j'étais, avide de savoir qui finit par haïr sa réussite même si elle n'était qu'à l'état de fœtus. Je suis un avorton fait pour crever sans avoir l'audace d'accomplir son destin mortel…

Chapitre 4

Mardi 12 décembre 2017

Hier soir, j'étais là, perdu dans la douceur chaotique de cette nuit. *Camacam.fr* devient de plus en plus addictif. Il en émane une odeur assez nauséabonde pour correspondre à mon humeur… Ma bouillie cérébrale divaguait, je repensais à elle… La mystérieuse fille derrière son écran. Je repense à elle et m'interroge. La question est toujours là ! Que voulait-elle réellement ? Pourquoi a-t-elle fait ça ? Pourquoi ? Que cherchait-elle ? Je n'en sais juste rien…

Je n'en sais trop rien… Reste que ce soir, je devais tomber sur lui. Il devait peut-être avoir passé le cap de la trentaine de peu avec sa tignasse de cheveux crépus et sa peau cuivrée. Habillé d'un vulgaire T-shirt blanc, posé sur sa chaise de bureau avec une bibliothèque en arrière-plan. Je ne sais même pas réellement pourquoi il m'a donné envie de m'arrêter. Probablement intrigué par sa présentation « Romancier cherche désespérément inspiration… »

Lui : Bonsoir, très cher

Moi : Quel sens de la courtoisie, je suis impressionné !

Lui : Laisse-moi penser que ça fait partie de mon originalité…

Moi : Et tu fais quoi ici, entre trois crétins et un connard ?

Lui : Je cherche un peu d'inspiration, le connard est toujours intrigant tant qu'il n'est pas trop crétin…

Moi : J'ai cru comprendre que, toi, tu étais un connard qui écrivait…

Lui : En vrai, je ne sais pas faire grand-chose d'autre !

Moi : Bah, je vais te laisser, je crois être beaucoup trop banal pour être inspirant… Même si je suis un vrai connard !

Lui : Ne sous-estime pas ton potentiel dramatique ! Je suis persuadé que tu n'es pas mal.

Lui : Que fais-tu, ici, toi ?

Moi : Je cherche désespérément et pathétiquement une chatte !

Lui : Et tu en trouves ?

Moi : Bah, je suis pas très doué et un peu infirme sur les bords, c'est pas gagné d'avance.

Lui : Tu sais, avec les femmes, il faut arrêter d'essayer de comprendre… Il suffit, parfois, de partir du principe qu'elles ne pensent pas comme nous pour que tout devienne possible.

Chapitre 5

Mercredi 10 janvier 2018

Je ne sais même pas pourquoi j'écris… Pour qui… Bah, pour toi, être mystérieux ! C'est vrai qu'en dehors de moi, il y a toi. Toi, lecteur anonyme. Toi, petit troll cérébral cherchant désespérément un neurone à chatouiller dans une tête creuse. Toi, petit con ! Petit con, j'aime bien ! Ça a un côté affectueux ! Je crois que je donnerais tout pour tendre vers le p'tit con… Jeune insolent capable de tout ! Prêt à tout ! Vivant sans peur, ni regret, ni remords ! Il est ce qu'il est et il vous emmerde. Chez lui trône ce potentiel de bonheur. Il se fout de toi. De ce que tu pourras penser ou dire de lui. Il avance et il t'emmerde ! Au fond, je t'appelle petit con parce que je t'aime ! Je t'aime parce que tu engloutis ma scatologie cérébrale sans broncher. Parce que tu ne me parles pas d'eschatologie primaire. Tu ne me démontres pas que je vais dans le mur… Tu me laisses y aller avec délectation ! Je t'aime parce que tu es toujours là pour moi. Tu n'as pas le choix ! Je peux te violer tant que j'en ai envie ! Te faire rentrer ce que je veux dans ta tronche. L'entasser à coup d'insultes ! Tu ne peux rien y faire, petit con. Tu ne seras jamais qu'un lecteur passif. Toi, tu m'offriras toujours un trou pour y encastrer un mot !

Excuse, je viens de me rendre compte que je ne suis pas vraiment inclusif. Petit con, ça tend un peu vers le sexisme ! Tu as le droit d'être métaphoriquement massacrée même si tu possèdes une crevasse à la place du zob. Alors que dire ? Certes, il existe toujours les incontournables : Pute... Salope... Je pourrais... Mais je n'aimerais pas te réduire à ton sexe. J'ai envie de pouvoir déglutir sur ta tronche aussi. Que penserais-tu de pétasse ? C'est joli, « pétasse »... Ça a un côté enivrant. Ça fait « pétard » au féminin. J'ai toujours trouvé que ça avait un côté affectueux. La pétasse, elle a un côté libre. Indépendante. Prétentieuse. Heureuse d'être elle-même. Peut-être un peu comme le petit con... Peut-être...

Après quelques minutes de réflexion

Et puis, pourquoi pas « Petite Conne » ? Ça peut paraître saugrenu, mais je trouve ça moins affectueux que « Pétasse »... Plus méprisant peut-être... Je ne sais pas... Et puis, Petit Con, Petite Conne, ça a un côté un peu solennel... Un peu présidentielle... Je ne suis quand même pas le roi des cons !

Après je pourrais essayer de ne pas du tout t'insulter. Mais où vais-je finir si je commence ainsi ? Si je te respecte, je vais me restreindre. M'agglutiner sur mon Surmoi ! Ratatiner mon Ça ! Castrer ma machine à gerbe linguistique ! Non, pétasse, j'aime bien...

Chapitre 6

Samedi 27 janvier 2018

Dans mon existence de larve, il y a aussi ces brefs instants où j'essaie vaguement de vivre. Hier, je me suis posé dans le tram pour aller faire le tour des lieux de perdition. Perdu dans une de ces rames à la propreté tout helvétique contrastant avec ce village-monde qu'est Lausanne. Face à moi, un couple d'environ 80 ans.

— Il a bien roillé aujourd'hui !

— Ce monde aussi, il est roillé, de dieu ! Plus un vaudois, j'te dis !

— Regarde cette bande de niolus ! Des noirs, des jaunes avec quelques bourbines, parce qu'il faut pas déconner. De bleu, le fourbi !

— Non, mais regarde comment ils sont aguillés, certains ! Ça se voit qu'ils vont tous pedzer…

— Tu crois qu'ils sont tous étudiants la semaine ?

— J'sais pas, paraît que les noirs, ça deal des stupéfiants…

— Déconne pas Dédé, on veut te prendre pour un raciste…

— Mais moi, j'suis pas habitué, dans le Gros d'Vaud, on veut trouver que de la Marie-Jeanne vendue par le paysan du coin.

— Dis voir, toi tu l'aimais bien la Marie-Jeanne…

— De notre temps, t'étais dans les cools quand tu t'en roulais un…

— Tu dirais pas des colles comme ça si t'en avais pas autant pris !

Et moi, je larvais dos à la marche. Dos à ma vie. Dos à mon avenir. Ce connard, je ne le supporte pas ! Il ne peut que se révéler pire que mon passé. Vieillir, c'est être chaque jour un peu plus frustré de ce que l'on a raté. De ce que l'on a fait. De ce que l'on n'a pas fait. De la vie que l'on n'a pas su se construire, peut-être… Alors je m'accroche comme une sangsue à un comportement d'adolescent attardé. Je larve de beuverie en beuverie. Juste pour essayer de croire, l'espace d'un instant, que les possibles sont toujours infinis… Que le temps ne les a pas encore abîmés… Qu'un jour, j'ai encore l'espoir de pouvoir péter plus haut que mon cul… Qu'un jour je pourrais encore fracasser des anus avec mon pic à glace…

Je transhumais vers ma cage à fantasmes comme on s'évade du goulag. Tel un schizophrène à la sortie d'un asile en ruine peuplé de tortionnaires apocalyptiques. Juste pour se défiler de moi-même. Je m'y barrais comme un ado crétin à souhait. Comme un rat infirme attiré par un flot de chattes assassines ! Eh oui, je suis aussi le soûlard qui se perd soir après soir. Sans doute pour perdre ma bite dans l'ivresse. Avec la haine de bourreaux fantasmatiques. Avec l'idée d'avoir perdu toute dignité. Toute identité.

Comment je suis devenu un gros con

Je bavais, accoudé au bar, tel un demi-puceau quadragénaire. L'atmosphère tournait autour d'un festif sans réelle conviction. Le peuple y paraissait juste pas assez vieux pour être désabusé. Ils semblaient s'éclater derrière les lumières tamisées. Ils faisaient face à une serveuse prise dans une euphorie plus ou moins factice. Et moi, je mâtais ce flot de culs à l'attractivité indécente. Parmi eux, il y avait elle. Jeune bonasse inaccessible picolant avec ses potes. Trou noir à frustration masculine ! Elle avait la subversion gravée sur la caboche ! Un bonnet « FUCK SWAG » trônait sur son crâne. Juste de quoi se convaincre que l'on encule les gens de bien peut-être… Même si l'on se fait trucider par un service marketing. Reste qu'on le fait avec swag…

Et moi, je picolais là, tel un sac à foutre périmé matant avachi contre la fenêtre du bar. Vague merde en putréfaction ! Solitaire désarticulée ! Infirme en perdition ! Prisonnier de son mutisme ! Pris dans un fond sonore sans importance. Et elle… Et elle irréelle s'avance vers moi avec un dialogue déjà encastré dans ma poubelle mémorielle.

— Salut, me dit-elle par surprise avec ce semblant d'empathie infinie.

— Salut, balançai-je sans conviction.

— Ça fait longtemps que je te vois !

— Bah oui, je larve tel un vieux con et j'aime ton bonnet ! lui dis-je en passant la main sur la tête et en la prenant machinalement dans mes bras.

— Tu veux un peu de ma bière ?

Je tète sa bière par politesse tel un porcelet qui bouffe la mamelle d'une truie. Et elle, elle bouffe subtilement mes lèvres de vieux con. Alors je me cassai !

Comment je suis devenu un gros con

FUCK SWAG ! Je reste une grosse larve infirme qui hait ses désirs ! Qui ne sait pas quoi en faire… Qui n'a jamais su…

Chapitre 7

Jeudi 15 mars 2018

Mon histoire, c'est aussi l'histoire de ma famille. C'est aussi le récit du conflit avec ma verge qui commença un peu sans moi. Ma grand-mère me le conta un soir d'hiver, au coin d'un bavardage.

C'était quelque part, perdu dans le fion de la France. Dans les années 40. Un de ces temps où je n'étais qu'une absence qui m'allait si bien… L'époque jouait sur le terrain des heures sombres. Même si le soleil brillait dans les champs immaculés. Là où les bombes ne tombent jamais. Où la seule bombe, c'était elle. La grande sœur frappée de ses 17 ans. Tu sais, un de ces trucs qui fonctionne à peu près telle une adolescente… Ce que l'on aimerait tous retrouver. Là où les hormones s'amusent encore dans ta tronche. Où elles couchent toujours souvent ensemble. Où elles font des choses indécentes. Comme te laisser la cervelle dans le cul à défaut d'y mettre autre chose…

Les siennes laissèrent les lignes ennemies envahir ses ovaires par le connard du voisin. S'en suivit une tumeur abdominale qui se transforma en un petit merdeux sur pattes. Ce ne fut que le terreau infécond à cette histoire inepte et banale : la haine des bites ! La phobie des queues ! La castration des verges ! Le désir d'ablation des bourses ! Celles qui rompirent la platitude du destin familial. L'homme était devenu danger. Chose à éradiquer ! À mettre de côté. À estropier. Peut-être juste pour empêcher de nuire…

Et moi, je suis arrivé bien plus tard. Infirme ! Une situation idéale pour émasculer la progéniture. La nature avait fait la moitié du boulot ! Ne restait plus qu'à le terminer ! Ne restait plus qu'à me terminer ! Comment me rendre, avec amour, à cette histoire qui s'enfonce ? À cette histoire qui me défonce ? Qui castre ? Comme si la vie était de la came… Enfant, j'étais ce corps. Je n'étais que ce corps estropié. J'étais ce corps à redresser. Ce corps à dresser ! À exercer ! À masser. À malaxer. À triturer. J'étais ce corps détruit ! Celui qui n'allait jamais ! Celui qui ne correspondait jamais à ce qu'on voulait. Assez droit. Assez souple. Assez agile. Assez esthétique, sans doute… Celui qui n'avait qu'une envie. Crier : je suis une merde et je vous emmerde, laissez-moi baver en paix de toute façon je suis asexué ! De toute façon, on m'avait déjà beaucoup trop touché ! De toute façon, on m'avait déjà beaucoup trop aimé… C'était l'overdose…

Chapitre 8

Dimanche 11 mars 2018

Au fond de moi, derrière un sac de neurones défaillants, trône aussi mon grand-père paternel. Il se cache quelque part, probablement sous un fatras de déraisons. De toute façon, sa vie était imbibée d'une déraison un peu triste. Quelque part entre famille et travail. Il ne manquait que la patrie ! L'ancêtre était né au milieu des années vingt dans un petit village d'irréductibles prétentieux. Le monde devait, sans doute, tourner autour de son clocher. Il était son propre univers. Ils faisaient tout entre eux, là-bas ! Y compris, se reproduire. Surtout se reproduire ! Personne n'était comme eux. Baiser à l'extérieur ne pouvait revenir qu'à souiller un sermon gravé dans l'amas granitique qui bordait le bourg. Celui d'être cette élite communale !

Et puis, dans tout ça, se trouvait ma famille… Elle ne pouvait pas se contenter d'être dans le meilleur village du monde. Elle devait être la meilleure du village. Ça s'avérait plus fort qu'elle ! Elle devait arriver à s'en convaincre pour que sa vie ait un sens. Toujours était-il que le frère de mon ancêtre appartenait effectivement aux meilleurs. Les 30 glorieuses avaient un peu taillé sa gloire personnelle. Il était devenu Monsieur le banquier.

Monsieur le gestionnaire de fortune. Le monsieur à la fortune personnelle ! Il était devenu la boussole qui indiquait le flouse. La référence des égos désespérés. Le pognon, c'est peut-être juste le meilleur moyen que l'Homme ait trouvé pour satisfaire son égo !

Il était ainsi, mon grand-père. Il demeurait cette idée qu'il était bon ! Qu'il devait être bon ! Qu'il devait être bon dans son travail ! Dans sa famille. Dans ses activités. Bon… Juste bon… En tout cas, il devait s'en convaincre. Il devait s'en convaincre pour vivre. Pour avoir envie de vivre. Pour trouver un sens. Il n'y pouvait probablement rien. C'était ainsi. C'était, tout simplement, greffé dans ses viscères. Dans sa barbaque !

Ma famille, c'était aussi lui. Un grand cousin. De ceux qui partageaient un peu de mes gènes. Quelques atavismes. Et sans doute, beaucoup de mes névroses. Il devait avoir, dans sa peau, ce besoin insatiable de satisfaire un égo cannibale sans avoir trouvé les ressources qui conviennent. Alors il a fini par le dévorer comme il m'a englouti. Il a fini par se haïr. Par haïr ce qu'il faisait. Ce qu'il paraissait. Ce qu'il était, tout simplement.

Après quelques minutes de réflexion

Et puis, je n'en sais rien… je n'en sais trop rien ! L'égo est-il un vrai problème ? C'est peut-être lui qui fait avancer le monde. Qui donne à l'homme la capacité de se dépasser. D'être plus que ce que la nature a voulu qu'il soit. Sans lui, il n'y aurait peut-être ni art, ni science, ni technique, ni foutaises religieuses… Il n'y aurait, sans doute, que des mecs comme moi… Vagues poupées de chiffon à l'égo estropié qui ne servent à rien. Qui ne font rien. Qui ne produisent rien.

Chapitre 9

Mardi 3 avril 2018

Je n'ai pas réellement envie de me poser derrière mon clavier. Ce problème abscons me harcèle : pourquoi écris-je ? Pourquoi ? Dis-moi pourquoi ! Dis-moi petit con ! J'écris ce que je ne peux pas verbaliser avec ma gueule. Mais si je ne le dis pas, ce n'est pas sans raison ! C'est que ça ne se dit pas ! Ça ne se murmure pas ! Ça ne se hurle pas ! Ça ne se suggère pas ! Ça ne s'écrit pas ! Ça ne se gerbe pas ! Pourtant… Pourtant je désire te parler à toi. À toi qui t'obstines à lire cette prose pathétique. Vague réceptacle à mots déraisonnablement violents ! à mots violeurs, sans doute…

Et puis, tu es qui, toi ? Un inconnu ? Un proche ? Qui ai-je envie que tu sois ? Un personnage qui se reconnaîtra ? Pour que ça change quelque chose entre toi et moi ? Mais je ne veux peut-être pas que ça change… Peut-être… Je crois qu'au fond de moi, j'ai besoin que tu me sauves… Je crois… Mais c'est totalement ridicule ! On n'est jamais sauvé que par soi-même, peut-être. Qu'en penses-tu ? Dis-moi ! Dis-le-moi !

Comment je suis devenu un gros con

Je n'écris pas pour la littérature. Être publié, ça défèque dans le non-sens. Ça n'avance à rien ! Ça ne m'avancerait à rien ! De toute façon, je n'écris pas pour passer un concours. Je n'écris pas pour tendre vers le meilleur. Je n'écris pas pour me retenir. J'écris pour gerber ! dégueuler ! faire chier ! Jurer autant que j'en ai envie ! Jurer, c'est la vie ! Je n'écris pas pour être bon. Ma médiocrité littéraire me va. J'écris juste parce que j'en ai besoin ! Mais besoin de quoi ? Je n'en sais trop rien… Je ne sais pas… Pourquoi écrit-on, en principe ? Pourquoi parle-t-on de soi ? Par excès d'égo, parce que l'on pense que ça va intéresser quelqu'un ? Par manque d'égo, pour être rassuré sur soi ? Sur ses choix ? De toute façon, dans ma tronche, c'est la Syrie sauf qu'en Syrie, un infime espoir de paix persiste. Je ne sais plus… Moi, je sais que je resterai, à jamais, un grotesque con névrosé ! Pourquoi a-t-on besoin de balancer des mots abrutis à la face du monde ? Réponds ! Arg excuse, j'avais oublié qu'écrire, ce n'est que cracher de l'aire au creux d'un univers peuplé, tout au plus, de quelques mitochondries.

Après quelques minutes de réflexion

C'est peut-être de ça que j'ai besoin… Peut-être… Hurler dans le vacarme du vide ! Déféquer dans l'inaudible ! Installer un mur antibruit entre toi et moi. Te parler sans te parler à toi ! Juste dégobiller sur un lecteur anonyme. Déposer une œuvre pitoyable entre mon imaginaire et le tien sans te donner la possibilité de répondre. De cracher sur mes fantasmes ! J'aimerais éjaculer des mots sans restriction. Je ne veux qu'enfoncer ma haine dans tes amygdales sans que tu ne puisses émettre un son !

C'est ce que font les lâches, ils écrivent ! Ils écrivent pour ne pas avoir à dire… Et s'ils ressemblent à ce qui se fait de mieux en matière de pleutres, ils écrivent un roman. Des mots qui n'ont même pas la décence de s'adresser à quelqu'un. C'est ainsi. Vociférer que l'on aime ou que l'on hait l'humanité. C'est tellement plus simple que de murmurer à quelqu'un qu'on l'apprécie, que l'on préférerait qu'il s'éloigne ou que l'on préférerait qu'il s'éloigne parce que l'apprécier nous est insupportable.

Chapitre 10

Dimanche 17 juin 2018

C'est avec ce sac à foutre qui me sert de cervelle que je me retrouvais là… Sur *camacam.fr*. Dans ce trou noir à instincts pathétiques. Dans ce gouffre à rats ! J'ai toujours adoré les trous à rats ! Zone hors des normes. Hors des conventions. Hors de la bienséance. Hors de l'approprié et de l'inapproprié. Réserve à pulsions dévergondées. À pensées malsaines. Monticule de grossièretés ! Je lançai que j'étais ce que je suis. « Un sombre infirme indécent ! » On me rétorqua : « Indécent ou imbécile ? » Je souris. C'est ainsi, la haine de soi peut être agréable quand les insultes des autres flattent tes convictions profondes. Je n'y peux rien, je suis un mec conçu pour la merde et la castagne…

J'y retrouvais aussi ce gars, triste et pathétique, il flotte toujours ici… Peut-être un peu comme on pataugerait dans un marécage d'excrément… Peut-être… Il était là telle une ombre inutile. Sans visage. Sans forme. Sans saveur. Sans goût. Il était juste cette image impersonnelle d'un bureau posé devant sa webcam. Là, affirmant qu'il se ferait bien une bonne femme. Un concentré de non-sens ! Presque aussi improbable qu'un homme politique escroc, fainéant, menteur, sexiste et raciste qui se rêverait en prix Nobel de la paix. Arg, j'avais oublié les Ricains. Leur président à la chevelure peroxydée. Et tant d'autres. Ça existe comme lui existe ! Comme j'existe, peut-être… Peut-être comme j'existe alors que je ne devrais pas… À chacune de ses apparitions, les mêmes mots tachent mon écran « Qu'est-ce que t'as comme handicap ? » Restait, en lui, ce côté enfantin… Comme si j'attendais sa cent quarante-troisième demande pour lui répondre… Sans déconner, tu oserais, toi ? Petit con !

Après quelques minutes de réflexion

Pétasse, je parie que ça t'arrache la glotte de savoir. Tu as gagné, petit con ! Je vais te le dire… En fait, ça fait depuis mon extraction de la barbaque maternelle que l'extérieur et moi, on se fusille. Au lieu de présenter ma jolie petite tronche à la société, j'imposais déjà mon cul au monde. J'étais déjà en position de lui déféquer dessus ! Né par le siège. L'anus en premier. Replié en deux. Comme pour arracher les boyaux de ma mère. Massacrer son corps. Lui briser la vie. N'être que l'infection purulente de sa vie tout en me détruisant ! C'est pour ça que je me sens bien dans ce genre d'endroit. Une plaie parmi les plaies ! Je suis juste une plaie qui y perdit sa colonne vertébrale. Qui écrasa, déjà, ses neurones contre le non-sens…

Chapitre 11

Samedi 28 juillet 2018

Hier soir, je sautais de bar en bar pour fuir mon écran. D'ivresse en ivresse pour fuir mes névroses. De mal-être en mal-être parce que je ne peux pas tout fuir… Et puis, entre les bars, il y a la rue. Flot de réalités brèves et successives… Parfois drôle… Parfois triste… Parfois pathétique… Parfois effrayante… Parfois attirante… Parfois bandantes même… Parfois… Mais, la plupart du temps, sans intérêt. Elles forment ces images marchant anonymement autour de moi. S'évaporant à la vitesse d'une mémoire à court terme défaillante. De celles qui partiront, à tout jamais, dans l'oubli pour n'incarner qu'un parfum d'évanescence. Mais quelques-unes resteront ancrées dans un recoin d'une conscience de plus en plus encombrée. Elles tendent vers l'unique ! Vers le sensationnel ! Un peu comme celle de ce soir. J'étais juste là, entre deux lieux de perdition. Là où la scène de la came rencontre la scène du flouse. Entre deux banques, quatre bijoutiers, dix dealers et trois toxicos. Là où traînait un gars paumé à une plombe du matin. Perdu entre le flot des noctambules et celui des pétroleuses. Vagabondant entre les immeubles XIXe entretenu avec la rigueur helvétique.

Le poivrot paraissait un peu à la dérive… De ceux qui trempent dans des idées absurdes… Il respirait un peu la haine. Sans doute, de ceux que l'on ne devrait jamais croiser… Hélas, j'étais juste là ! Là, face à lui. Lui et son regard. Il me semble qu'il était un peu noir. Du moins, ma mémoire l'a reconstruit ainsi telle une sensation étrange. Tel un malaise. J'avais l'illusion d'avoir senti l'odeur du pain ! Celle du bourre-pif à point ! En réalité, je n'en sais rien. Je ne sais pas si cette sensation joue avec le réel ou si ma barbaque cérébrale a reconstitué ces quelques secondes qui ne furent jamais. Je n'en sais trop rien… Ce souvenir n'appartient qu'à l'éventualité.

Ma seule certitude se confine aux traces d'une rencontre avec un mec inconnu qui m'offrit une droite avec tout l'amour de ce bas monde et qui s'est barré sans laisser d'adresse. Et encore, je ne sais pas si c'était une droite ou une gauche… Finalement, reste la nuit à l'hosto et le maquillage à l'hémoglobine. Par chance, je ne crains pas grand-chose. Je n'étais déjà pas beau avant. Et puis… Et puis, persiste le signal de douleur. Ce qui est intéressant avec la douleur, c'est qu'elle te fait oublier la souffrance. Au moment où tu as mal, tu oublies que tu es un connard qui n'arrive pas à se blairer.

Après quelques minutes de réflexion

C'est ainsi, je suis déstructuré. Celui qui ne peut qu'avoir de la fascination pour cet acte. Cet acte qui va à l'encontre du sens social. À l'encontre de l'évolution humaine. De la sélection génétique de notre espèce. Cet acte qui nique la pacification de l'humanité ! Je vis avec cette impression que je m'immisce dans mon film culte. Dans le Fight Club. Je n'y peux rien, la déraison m'a toujours fait un peu bander ! J'entretiens avec elle une forme de haine amoureuse ! D'attirance répulsive ! De toute façon toutes mes attirances sont répulsives. Au fond d'un mec tourmenté, l'oxymore tient toujours un peu du pléonasme…

Je reste avec ce besoin de comprendre… Comprendre ce qui le pousse à avoir été aussi fascinant… Voulait-il buter l'infirme en moi ? Le gros connard ? Le pervers virtuel ? L'abruti ? Ou le mec qui était juste là ? Au mauvais endroit. Au mauvais moment. Je n'en sais juste trop rien… Était-il un doux crétin ? Un toxico sous bad trip ? Ou juste un mec avec une haine pulsionnelle qui explose dans le chaos de l'hémoglobine ? Mais, au final, je ne sais même pas si j'ai envie que la réponse m'éclate à la gueule. Je ne le sais pas. Je ne sais même pas si j'ai envie d'être confronté à ce qui pourrait être dit. À ce qu'il pourrait déverser sur moi. Ce qu'il pourrait savoir sur moi. Je suis attiré par les mystères de ses motivations profondes, je n'ai juste pas envie qu'elle m'éclabousse.

Et puis, il y a un moi plus raisonnable ! Plus sociable ! Plus altruiste, peut-être… Un moi qui se dit que le peuple de Lausanne ne vivrait peut-être pas plus mal sans un tel gars… Après tout, mon amour de la violence n'est peut-être pas la norme… La castagne n'est peut-être pas l'optimisation du bonheur commun… De la joie de vivre en société… Peut-être que la minimiser serait un bienfait… La baston est une pulsion de vie que le monde moderne a laissé tomber. À tort ou à raison…

Chapitre 12

Jeudi 2 août 2018

Je reste posé là, quelque part, dans un temps qui ne s'envolera, sans doute, jamais complètement de ma mémoire. Un temps où la castagne a parlé. Un temps où la haine a parlé. Où la douleur a parlé. Un bourre-pif qui rassure. Un bourre-pif qui apaise. Un bourre-pif qui rend heureux. Un bourre-pif qui donne l'impression d'être vivant. Juste vivant ! Vivant dans un rapport à un corps douloureux. Un corps qui hurle son existence. Ce con ! Il ne trouve rien d'autre que la souffrance pour affirmer son existence ! Et puis, il y a aussi un bourre-pif qui remplit un peu l'égo… Une fierté au paroxysme de son absurdité. Ma seule utilité sur terre est peut-être de savoir encaisser les coups… Peut-être…

La violence s'était incrustée dans ma barbaque à la fin des années 80. Je ne devais pas être sorti de ma première décennie. J'habitais dans une petite bourgade de 800 fions sans compter ceux des bovins. Là où le travailleur citadin aimait à se retrancher. Il pouvait humer l'odeur qui va avec… Je me souviens du paysan chez qui on allait chercher le lait. De ses théories sur les niolus de la ville. Et celle sur les *fegnioles*. Je n'ai jamais compris s'il voulait parler de ses vaches ou des femmes… Je me souviens aussi de mon voisin, professeur de biologie à l'Université de Lausanne. Celui qui me ferait passer mon tout dernier examen à la fac. Je me rappelle qu'il aimait taper une bavette avec l'ami paysan sur l'écologie et la paysannerie après une soirée passée au théâtre du village. Ils étaient deux mondes essayant timidement de s'humecter. Et quand ce n'était plus possible, ils dérivaient sur leurs séances à la municipalité ou leurs exploits musicaux à la fanfare du village.

Je me souviens aussi des balades en tricycle à travers ce paysage vallonné. Des descentes folles entre les champs qui empestaient le lisier. Je me remémore l'apprentissage du danger comme la chose qui me donnait envie de vivre !

Reste que les mioches y subsistaient aussi cons que tous les moutards du monde entier. Ces connards, ils se vautrent dans la cruauté de l'adulte sans en posséder la réflexion...

C'était un de ces jours comme les autres... Je crois que le soleil brillait. Un reste de gravats bordait le terrain de la maison familiale telle une trace de copropriétaires branleurs. D'aménagement en déshérence. Juste l'idée d'un cahot paysagé faisant office de parc d'attractions pour humains incomplets de la caboche... Euh, je voulais dire mioches ! Ils étaient posés sur leur monticule de glaise. Mont Olympe du bouseux en culotte courte.

Et moi, je stagnais là, désirant gravir ce dôme de pacotille telle la plèbe des mottes de gazon. Juste histoire de posséder mon morceau de ce trône de tourbe. J'activais ma carcasse de mutant difforme. Mon corps qui ne m'appartenait déjà plus réellement. C'était peut-être moi qui lui appartenais... On appartient tous un peu à notre apparence. Elle transforme toujours un peu de ce que nous sommes, la garce ! La mienne avait fait de moi tout ce que je sais faire : une tête à claques ! Un mec qui apprenait, jour après jour, à ingurgiter de la violence. Comme cet après-midi-là qui m'enfonça un peu plus dans ce que j'étais déjà. Une loque qui avait intégré la haine jusqu'au fond de lui. Gravissant mon tas de terre. Leur tas de terre à eux ! Eux, vagues guerriers à la con, créant l'intifada contre la carcasse baveuse montante. Ils faisaient couler les pierres comme de la lave contre moi. Prisonnière d'une gravité destructrice. Les salopes, elles ne faisaient que de tomber. Elles étaient attirées vers moi. J'étais leur star ! Leur idole !

Après quelques minutes de réflexion

L'instant m'a, sans doute, marqué… Construit, peut-être… Peut-être qu'il m'a rendu un peu moins con… M'a appris à encaisser les coups avec froideur. Les châtaignes avec recul, telles des chimères jouant sur le terrain du normal. Du banal ! Finalement, la rencontre avec l'hémoglobine de la semaine dernière ne m'a même pas réellement touché, tout ce qui en reste ce sont les messages de soutien. L'amitié. L'amour. Putain, j'ai peut-être besoin de haine pour arriver à encaisser l'amour des autres… Peut-être… Peut-être que j'avais juste besoin d'une madeleine de Proust… Peut-être besoin de ces châtaignes que je bouffe depuis l'enfance…

Chapitre 13

Mardi 7 août 2018

Quelque part, au fond de ça, perdu dans le vacarme de la violence, restent mes potes de bar. C'est idiot, mais je crois que je les aime ! Ils sont là sans être là… Ils ne sont que cette douce présence absente… La probabilité d'un instant agréable sans l'oppression d'une amitié inexorablement envahissante ! Contraignante ! Intrusive ! Étouffante ! Angoissante ! Elle finit toujours par se transformer en prison, la garce ! En privations d'oxygène…

C'est comme ça, les potes de bar. C'est ces gens que tu aimes sans réellement les connaître. Individuellement, ils ne servent peut-être pas à grand-chose. Juste à ne pas être seul l'espace d'un instant… Peut-être… Ou alors, à te faire prendre conscience de l'ignominie de ta solitude… Peut-être même à te faire comprendre que tu n'es pas vraiment comme eux… Tu en viens à te demander si, au fond de toi, tu n'es qu'un ersatz de primate. Qu'un mec qui ne possédera jamais les codes sociaux d'une civilisation, à jamais, étrangère. Sombre déraison qui ne créera jamais de lien. D'un individu qui sera, à jamais, un bout de rien.

Sans attache ni importance. Toujours voué à être celui que l'on oublie. Celui qui oublie les autres.

Mais je suis tellement lié à eux. À eux, en tant qu'entité collective. Ils sont probablement la seule chose que je sois capable d'aimer sans réserve. Sans condition ! Un pote de bar, c'est le seul concept qui arrive à t'aimer sans te restreindre ! Sans te contraindre ! Sans contraindre ce que tu es. Sans contraindre ce que tu penses. Ce que tu fais. Ce que tu ne fais pas. Ce que tu baises ! Ce que tu bouffes ! C'est peut-être la seule trace d'amour absolu sur cette terre... Peut-être... Peut-être...

Après quelques minutes de réflexions

Finalement, je n'en sais trop rien... C'est juste la chose qui marche un peu avec moi... La seule trace d'amour que je sois capable d'encaisser sans encombre... Pour certains, l'amour absolu est symbolisé par un clébard. Pour moi, il l'est par le concept d'une foule diffuse, ce n'est, peut-être, qu'un moyen détourné de gérer une déception profonde de l'individu... Peut-être... Probablement... Tu en penses quoi, toi ? Ils sont peut-être un peu comme toi, juste la douce présence d'une absence... Peut-être...

Chapitre 14

Mercredi 15 août 2018

Ce soir, j'avais la tronche à peu près refaite alors je me remis à larver sur *camacam.fr* et tombai sur un petit con prétentieux comme je les aime. Le connard se laissa attirer par ma présentation : « Vieux pervers infirme et dégueulasse ». Il sentait la petite trentaine avec son air plutôt classe. Portait une chemise blanche et son couvre-chef comme pour conserver un parfum d'homme propre sur lui. Chez lui, tout respirait un calme un peu hautain. La bibliothèque correctement ordonnée. Le petit jazz en fond sonore. L'installation informatique high-tech. Seuls un petit sourire narquois et la présence sur ce site pouvaient trahir son apparence de gendre idéale.

Lui : Intéressant…

Lui : Belle présentation…

Que balancer pour faire semblant de n'être qu'un crétin modéré ? L'idée reste éternelle et déraisonnable : l'empathie ! Quand je ne sais pas quoi dire, je me contente de commenter ce que l'autre dit. Les gens adorent se regarder dans le moindre bidule réfléchissant…

Moi : Ça sent l'ironie…

Lui : Carrément !

Lui : J'aime l'ironie !

À voir, ça laissa l'effet escompté sur son égo…

Moi : Ça me va…

Moi : C'était fait pour être au niveau de ce site simple et explicite !

Rien de mieux qu'un soupçon de mépris du monde extérieur pour créer un contact… Un lien ne se créait peut-être jamais que contre les autres… Comme si toutes les conneries humaines se ressemblaient un peu…

Lui : Tu as le mérite d'une certaine honnêteté

Lui : Sauf si tu n'es ni infirme, ni vieux, ni pervers, ni dégueulasse.

Étrange comme rendre une réalité basique intelligible suscite-t-elle autant de débats…

Moi : Est-ce si absurde d'affirmer ce que l'on est et ce que l'on veut ?

Lui : Je sais pas, peut-être pas…

Moi : Tu fais quoi ici ? Tu n'es pas assez con pour être là ?

Lui : Un vieil habitué du site…

Lui : Quand j'ai pas sommeil ou que j'ai envie de voir des bites, je viens ici…

Lui : Parfois, je tombe sur des gens cool, parfois moins.

Moi : Parfois…

Moi : c'est rare, mais ça arrive…

Chapitre 15

Jeudi 20 septembre 2018

J'ai toujours pensé que le monde se divisait probablement en deux catégories d'individus. Deux histoires qui ne peuvent pas réellement s'interpénétrer… De temps à autre, elles tâchent peut-être de se comprendre, mais ça ne va jamais réellement beaucoup plus loin… Ça ne dépasse le stade du flirt qu'avec l'aide d'un hasard irréel, sans doute… Il y a ceux qui boxent et ceux qui s'installent à une table de poker… Ceux qui échangent des coups et ceux qui se castagnent à l'aide de coups bas… Peut-être…

Je voudrais savoir vivre comme ceux qui essaient d'utiliser leurs tronches ! Qui jouent de leurs empathies ! Qui trucident avec intelligence et amour ! Qui évaluent… Qui supputent… Qui sont capables de prendre des paris. D'accepter l'échec ! De gérer leurs balafres ! De manager leurs cadavres existentiels. D'optimiser un bonheur incertain comme on optimiserait une paire de six. Qui tolèrent les probabilités de trahison. Qui vivent avec. Qui les voient comme un futur possible. Qui osent, même s'ils savent qu'ils peuvent merder. Qui partent juste du principe qu'ils feront tout pour ne pas le faire. Malheureusement, dans mon cas, cette cervelle était vendue en option !

Restent ceux qui pensent la vie comme un combat. Qui se perdent dans une castagne permanente. Qui ne cessent de percevoir l'autre comme un danger potentiel. Qui le perçoivent comme l'aléa qu'ils ne savent pas supporter. Qu'ils ne savent pas contrôler ! Qu'ils ne savent pas gérer ! Qu'ils ne peuvent pas anticiper ! Ceux qui se battent pour ne pas se faire battre ! Peut-être juste ceux qui se battent parce qu'ils ont trop été battus... Peut-être... Je n'en sais rien... Tout ce que je sais, c'est que je leur ressemble un peu trop.

Après quelques instants de réflexion

Finalement, il existe peut-être ceux qui savent collaborer et les autres. Ceux qui maîtrisent le monde humain. Qui savent jouer avec ses vicissitudes autant qu'avec ses fulgurances. Qui savent créer un monde avec lui. Ils font peut-être juste face à ceux qui se contentent de trifouiller les excréments de leur propre pataugeoire. Mâtant de loin ce monde inquiétant. Angoissant ! Terrorisant ! La foule se divise peut-être juste entre ceux qui ont la chance de savoir-vivre dans ce monde et les autres. Probablement une histoire de gène... Toujours une histoire de gène ! Génétique, je te hais

Chapitre 16

Samedi 27 octobre 2018

Ce soir, j'eus envie de boxer un peu alors je me perdis encore et toujours dans le dédale chaotique de *camacam.fr*. Étrange endroit. Soporifique et addictif en même temps. Ce besoin de n'être que cette zigounette sur pattes m'y précipite toujours. Celui de n'être que celui qui crache son foutre sur cette image sociale intenable ! Qui redevient cet animal primaire ! Qui se vautre dans le primaire ! Qui se résume à cette verge d'infirme ! De quoi rebuter parce que j'ai besoin de faire comprendre que je ne suis qu'un rebut. Que je suis libre d'être un rebut !

Mais, ce soir, je voulais essayer autre chose… Juste exister sans me dénigrer explicitement. Je stagnais là… Même pas infirme ! Même pas moi-même ! Condamné à paraître plus que moi-même ! Me présentant comme « Un peu de philo dans ce monde de porc… » J'avais l'impression de devoir être intelligent et pas ce porc éclopé. Mais je ne pouvais pas être intelligent. Au fond, je ne suis qu'un porc éclopé… Je ne sais pas être autre chose… Je ne sais pas être autre chose que ce gros con ! Et puis devant moi, apparu, sur ce flot dérisoire de bits informatiques insipides, une paire de seins délicatement emballée dans un soutif rouge. Il fallait bien entamer la conversation. Aller au turbin avec sincérité !

Moi : gracieux…

Je m'écroulais sur mon clavier, tapant à la vitesse d'un paresseux sous acide. Mais elle, elle ne fuyait pas. Elle restait là, comme une sirène statique et hypnotique derrière quelques pixels insensés. Face à mon regard un peu obscène…

Elle : Merci.

Moi : On doit te le dire souvent.

Elle : Possible…

Le stress commençait. Monstrueux ! Dégoûtant ! Celui d'un vieux libidineux devant une proie inatteignable. J'étais comme face à un examen décisif et inaccessible. Et elle, elle restait là tel un pur fantasme… Femme-objet pour sombre pervers un peu dégueulasse.

Moi : J'aime les réponses énigmatiques…

Elle : Oui !

J'étais là, fracassant toujours avec une lenteur désespérément soporifique les touches de mon clavier et elle, elle était dans cette logique délicieusement saugrenue : rester et me répondre ! Même si elle était jolie. Si elle avait de l'esprit. Même si je n'étais qu'une grosse merde face à elle.

Elle : J'aime être insultée, aussi…

Moi : J'aime aussi insulter !

Je restais là, sans trop y croire… Je devenais cet obsédé incrédule. Pris par l'illusion que l'histoire pouvait virer dans un obscur et improbable vacarme érotisé. Que les histoires de cul arrivaient dans la vie réelle. Que l'on baisait réellement derrière une webcam !

Elle : Hum Cool, vas-y ?

La pression se relâchait. Elle se concentrait dans une biroute aux abois. Je me transformais en vieux pervers dégueulasse qui n'était plus retenu par la bienséance. J'étais enfin ce partouzard décrépi face à cette paire de nichons anonymes. Alors je tentai une approche timide.

Moi : Un petit côté salope ?

Elle : Montre ta queue !

À voir, elle était réellement d'humeur à faire la pute... À entremêler nos plaisirs dans une violente tendresse... Certes, la tendresse me paniqua, mais j'aime tellement la violence. C'était ainsi, je devais m'enfoncer dans des perversions lubriques sans tomber dans la pauvreté d'une trivialité nauséabonde. Sans être ce crétin du web incapable de partager sa seringue à foutre avec une foufoune. Juste essayer d'être un peu salaud, mais pas assez crétin pour la dégoûter.

Moi : Tu aimes les vieux porcs ?

Elle : Oui, c'est ça !

Elle : Hum trop !

Je lui sortis la preuve d'un désir exubérant ! Comme si mon cornichon puant était fait pour elle... Comme si j'étais fait pour baiser... Pour la baise... Pour encastrer mon dard en elle... Comme si nous étions faits pour mixer nos barbaques... Comme si une baise avec moi était comestible... Comme si... Comme si... Mais à voir, elle avait un peu faim... Comme si mon gourdin l'attirait... Comme s'il faisait juste partie d'un jeu insensé...

Elle : Humm oui !

Moi : Montre tes nichons !

Elle s'exécuta sagement. Dévoila sauvagement la perfection de son anatomie. D'une graisse mammaire au top de son attractivité. De celle face à laquelle tu as juste envie de bander tel un vieux porc dégueulasse. Et elle, elle alla le chercher le porc en moi. Elle le trouva ! Le porc… Que le porc… Elle était là ! Jouant vicieusement avec ses tétons. Les pinçant. Les malaxant devant moi.

Moi : Tu es bonne salope !

Elle : Hum, oui, je le sais…

Elle : T'as envie de me faire quoi ?

Moi : De te baiser de partout !

J'avoue, l'originalité et le sexe s'encastraient encore d'une façon affligeante sous mon clavier. J'en ai un peu honte. J'aurais dû être meilleur ! Jouer jusqu'au bout avec un fantasme de soumission offert. J'aurais dû me la faire mieux que ça cette pute ! J'aurais dû lui octroyer cet honneur. J'aurais dû m'octroyer ce bonheur. Je le devais… Putain, je le devais… Mais elle, elle était assez bonne pour rester ! Pour tripoter ses seins, de plus en plus sauvagement.

Moi : Fous-toi complètement à poil !

Elle se désapa en se soumettant à mes ordres telle une pute qui s'offrait. Qui s'offrait au vieux pervers infirme. Elle n'était là que pour mon fantasme. Que là pour me faire juter.

Moi : Une vraie truie à défoncer !!

Moi : Caresse-toi !

Elle obéit. Elle ne fit qu'obéir ! J'étais pris par cette doucereuse sensation que sa main était soumise à mes désirs. Qu'elle désirait bouffer mon andouillette ! Que mon gland trônait au bout de son index ! Elle prit son doigt ! Le suça ! l'enfonça délicatement dans sa crevasse et ma queue explosa un peu plus. Je restais là… Pris entre le besoin d'écrire des mots dégueulasses et celui de faire grossir mon gourdin.

Moi : Tu vas me faire gicler comme une sale pute !

Moi : Montre ta chatte !

Elle se leva. S'assit sur son lit. Écarta ses cuisses ! Y plongea ses doigts. Et moi, je n'y résistai pas… Je crachai dans le néant !

Moi : Tu m'as fait gicler…

Moi : Merci

Je suis ici. Face à mon écran. Face à ces mots ! Comme s'ils étaient naturels… Comme s'ils faisaient partie de moi… De ma vie… De ce que je suis… Comme si je n'étais rien d'autre… Comme si j'avais réellement eu un peu de son désir… Comme si j'avais contrôlé un peu de son plaisir… Comme si j'avais été un substitut de bite…

Chapitre 17

Mercredi 14 novembre 2018

Lui, c'était Égoir. Un de ceux grâce à qui je n'ai jamais assumé ma biroute. Un mec qui a marqué une époque de ma vie. Lui, c'était un monstre de charisme, mais une brèle épistémologique ! Docteur croulant sous le poids de son propre égo ! Même si son égo ne reposait sur pas grand-chose… Perché sur un fatras de présupposés ne résistant à rien. À aucun protocole. Aucune analyse. Juste l'idée d'une médecine à la solde de l'intuition… De son intuition ! Son pseudo-génie ! Je hais l'intuition ! Ce n'est que l'arme des gros cons pour t'encastrer dans une case à coup de narcissisme hypertrophié. Pour t'incarcérer dans leur case ! Dans leur pensée préconstruite ! Mais ce qui me débecte encore plus, c'est la confiance que l'on peut mettre en elle. Qu'il a pu mettre en elle.

Lui, c'était le pape de l'*anoitologie* ! Hypnose éricksonienne à la dérive. Pseudoscience suçant avec délectation tout ce que l'humanité a produit comme théorie bancale. Gorge profonde à inepties ! Elle ne se contente pas de reposer sur rien… Elle absorbe tout ce qui ne repose sur rien avec un appétit vorace. Elle le malaxe dans un jargon *pseudo-anoitonique*. Dans un *anoito-déplacement du négatif*. Pourquoi pas finalement, tant qu'on assume un *anoito-ravalement de l'égo* ? Tant que ça se prétend qu'une blague ! Reste qu'Égoir savait faire une chose : Me faire passer des examens ! Ce truc pathétique sanctionnant l'étudiant branleur. Avec ça, je me branlais juste plus efficacement. Je devenais une forme de parasite optimisé. Une merde programmée pour répondre à un questionnaire. Pour répondre aux désirs d'un fonctionnaire professoral. Il maniait avec aisance ce placebo verbal satisfaisant mon égo. Dans la vie, tout tourne autour de l'égo ! Un peu comme ton ménage… Un coup de brosse à reluire et le vieux con crasseux brille un peu plus ! Mais moi, je finis par décider de devenir une merde ! C'est ainsi, c'est lui qui m'en avait donné l'envie lors d'une après-midi de printemps.

Entre lui et moi, ce contrat implicite jonchait nos caboches. Celui de ne toucher qu'à mes examens ! Je ne voulais rester que cette boîte noire à faire réussir ! que cet étudiant sans but… Ni aspiration… Ni désir… J'ai toujours voulu être ce mec séparé de lui-même. Celui qui ne dit pas. Celui qui ne se dit pas. Celui qui ne parle pas. Celui sur qui on s'interroge. Celui qui ne donne pas de réponse. Celui qui ne se donne pas. Celui envahi par l'idée que se dire ne revenait qu'à se détruire. Se laisser détruire. Alors il passa en force.

Après un instant de réflexion

Le monde avance ainsi, les choses importantes ne se disent pas. Elles restent condamnées à un silence pleutre. Il faut dire que la parole peut toujours être pire qu'un mutisme infécond et inoffensif. Il aurait pu le savoir. Il aurait dû le savoir, la vieille souillure charismatique. Juste un mec qui avait perdu la conscience de sa propre subjectivité. Je suis ainsi, je hais la subjectivité. Je la hais même si elle m'engourdit la cervelle, la pute ! Cette pute qui est toujours là pour détruire !

Bah, lui c'était l'asexualité qu'il venait de projeter sur mon infirmité. C'était elle qui lui avait parasité les neurones. Il l'a encastrée dans mon rectum ! Greffée dans mes burnes pour faire de moi cet OGM mi-larve, mi-tête à claques. Être juste pathétique ! À cet instant, je devenais un être sans bite ! Un connard sans queue ! À partir de ce jour, réintégrer ma biroute allait être le but de ma vie. Le seul but de ma vie… Destructeur et mutique…

Chapitre 18

Vendredi 16 novembre 2018

Je me relis. Je me rends compte que rien n'a su être dit. Je n'y arrivais pas… Je ne pouvais pas… C'est ainsi. Certaines choses ne se disent pas… Ne s'écrivent pas… Elles ne sont là que pour alimenter une haine dérisoire. Celle des autres. Celle de soi. Je n'ai juste pas envie de les dire, mais le torchon que j'écris n'aurait pas de sens sans elles. Sans que je n'en parle. Si je ne dégueule pas, je n'écris pas. Je ne peux que gerber ! Gerber sur ta gueule ! C'est tout ce que je sais faire, petit con ! Désolé…

Je n'y arrive pas… Je ne peux pas… Je ne peux pas te raconter comment il a chié sur mon reste de bonheur un peu illusoire. Comment il a dégobillé sur ma bite. Je n'en ai juste pas envie…

Chapitre 19

Vendredi 23 novembre 2018

Je commençais à m'écrouler quelques mois plus tard… Quelque part au cours de l'an 2000… L'année de mes 20 ans. Là où les gens normaux mettent un terme à leur crise d'adolescence. Moi, j'allais encastrer la mienne dans l'éternité. Je resterais, à jamais, ce juvénile pubère au sex-appeal de plus en plus dérisoire. Au fantasme de plus en plus aberrant. Jusqu'à devenir ce vieux con pervers et infect ! Allégorie du comportement inapproprié.

Après quelques minutes de réflexion

Ça jonche le pathétique ! Je tourne éternellement autour du godemiché. Je désire gerber dans les digressions à la con ! Dans les circonvolutions toutes pourries ! Au fond de moi s'emprisonnent ces choses que je n'ai pas envie d'écrire. Que je n'ai pas envie de dire parce que les régurgiter, c'est les ressusciter. C'est se les remémorer. C'est avoir envie de tout fracasser une nouvelle fois ! Envie de se fracasser une nouvelle fois ! Peut-être juste envie d'arracher sa vie… C'est con, la souffrance, elle s'accroche à toi, un jour, tu ne sais pas vraiment pourquoi… Sans doute, d'autres l'auraient vécu autrement… Sans doute… Ils l'auraient transpercée comme une bite percute une chatte en fin de carrière. Ça aurait à peine percuté leurs mémoires ou ça les aurait poussés à se battre encore plus. Moi, ça m'a juste détruit ! Je n'y peux rien si j'ai une cervelle de merde !

Arg, j'oubliais. Tu ne sais pas de quoi je parle, pétasse… Tu ne le sais pas… Tu ne le sais pas, mais tu aimerais le savoir ! Tu as, au fond de toi, ce désir maladif de connaître ma souffrance. Au fond de moi, je comprends ce mélange de malaise et de délectation.

Elle, c'était Christelle. Jeune femme bonde aux cheveux mi-longs clouée à un fauteuil électrique. C'est comme ça. Les infirmes, ça se réunit de temps à autre. Un peu comme tous les autres crétins de l'univers… Même si je dois avouer ne pas connaître grand-chose à cet univers. Au fond, je ne connais rien aux infirmes, je ne suis pas sociologue de la personne à mobilité réduite ! Une expérience personnelle n'a jamais vraiment de valeur pour comprendre son monde. Enfin, je crois…

Mais elle, elle était différente. Ce n'était pas une meuf infirme. C'était The Meuf ! Et accessoirement, elle était infirme. Très infirme ! Beaucoup plus infirme que moi clouée sur sa chaise électrique. Plus infirme, mais vachement mieux que moi. Être un infirme qui réussit, ça doit être excellent pour l'ego !

Ni belle ni moche, on ne remarquait très vite qu'elle avec sa faconde surhumaine. Elle avait cette chose d'unique. Elle, elle savait vivre ! Elle savait jouir d'une vie qui n'était, a priori, pas faite pour elle. Elle voyageait ! Elle draguait ! Elle aimait ! Elle s'entourait ! Elle baisait ! Putain elle baisait ! Elle baisait et allait se marier avec un étudiant parisien. Et moi, j'étais toujours cet énorme con dépendant d'un lien que je ne supporte pas avec une mère à l'instinct maternel un peu trop développé.

J'apprenais avec violence que la vie que je voulais tombait dans le possible, mais que j'étais juste trop con pour ça ! Juste trop con pour ça… Avant je pouvais me dire que je n'étais plus qu'un putain d'infirme. Que je n'étais qu'un infirme qui faisait de son mieux ! Là, je me rendais compte que j'étais surtout un gros con ! Un mec qui était juste trop con. Qui était juste trop con pour créer la vie que je devrais avoir. Juste trop con pour la vie. Pas comme Christelle ! Je ne me sentirais plus jamais à la hauteur… Je ne me sentirais plus jamais légitime…

C'est juste ainsi, je suis incapable d'accepter l'insignifiance de ce que je suis. Je n'y arrive pas ! À partir de ce moment, je n'ai jamais pu l'accepter. Je n'ai plus jamais eu le sentiment d'avoir été à la hauteur. À partir de ce moment, quand je me regarderais dans le miroir je ne verrais plus jamais un mec hideux ni même un infirme… Je verrais juste un mec trop con et pitoyable ! Juste un mec qui se déteste de plus en plus ! Pris entre une Christelle qui m'astreint à jouir et un Égoir qui me l'interdit. À partir de ce jour, je vivrais avec l'envie de crever greffée dans les sacs à foutres. C'est con ! C'est pitoyable ! C'est déplorable ! C'est consternant, mais c'est juste moi. Moi dans la splendeur de ma turpitude. Dans la vacuité de tout projet de vie cohérent si ce n'est de prouver au monde que je ne suis qu'un excrément parmi les excréments. Et encore, je ne suis pas certain d'emmerder grand monde…

Chapitre 20

Samedi 15 décembre 2018

Ce soir, je parlais à Aïcha. Elle, elle vit comme une de ces filles de la nuit. Petite femme aux formes subtilement généreuses que recouvrait la noirceur de sa chevelure ondulée. Au vécu se partageant entre les deux rives d'une Méditerranée toujours dissonante. Loque de bar incollable sur la religion musulmane de son père. Il y a, en elle, cette force de vie extrême derrière ces yeux noisette. Ce désir de dévorer tout ce qu'elle peut vivre ! Sans doute une joie de vivre comme toutes les joies de vivre, faites pour recouvrir, tant bien que mal, une blessure inavouable… C'est une de ces potes de beuverie rencontrée au coin d'une Guinness. Tu sais, la pisse couleur caca. C'était lors de ma dernière année d'université. Quelque part au fond d'une soirée d'ivresse. Je l'aime bien. Elle a ce qu'il faut pour ne pas être trop chiante. Elle fait partie de ces gens qui ne se sont pas encore évaporés dans les méandres d'un temps castrateur d'amitié de pacotille. Amitié supportable. Elle a le génie de me rendre son amitié supportable. Elle, je l'apprécie toujours un peu. C'est ainsi. Je ne sais pourquoi, j'ai toujours aimé les femmes arabes. Peut-être un amour de l'exotisme… Ou peut-être une compassion pour les vies tortueuses… Je ne sais trop rien… Quelque chose me parle dans ces personnages…

Elle est fiancée à une crème. À un nounours version bodybuildée. À un flic se cachant derrière une impressionnante carcasse. Le poulet fermier dans sa version la plus angélique. Gonflé à la salle, mais incapable de te détester. Condamné à une empathie subie ! À ne jamais enfiler le costard du connard ! Et puis, je ne sais rien. Que se cache-t-il derrière cette apparence désespérément bonne ? Comment fait-il son job ? Je ne sais pas… je ne sais trop rien.

Hier, Aïcha m'embarqua quelque part. Dans un de ses délires que j'aurais aimé être un fantasme ! Elle entretient ce rapport étrange avec sa sexualité. Un peu comme si elle devait perpétuellement se punir du désir qu'elle infligeait aux hommes.

Elle : Tu viens à la soirée, papy ?

Moi : S'il y a des claques à distribuer, je me dévoue gamine…

C'est ainsi, le besoin de créer un lien filial fictif entre moi et les femmes qui m'ont entouré finit toujours par m'envahir… Sans doute, pour assassiner la question sexuelle…

Elle : Avec plaisir papy, tu pourras me fesser et même me fouetter….

Mais elle, elle reprit ce lien pour créer quelque chose de honteusement subversif. Il reste quelque chose en moi qui se laisse fasciner par la fessée. Par la main au cul ! Par ce besoin d'imposer son désir à l'autre ! D'assumer le sien, quel qu'en soit le coût !

Moi : si je fais ça, j'aurais trop peur de la police…

Elle : T'inquiète, la police, elle dort…

Je bandais tel un porc. Mais quelque chose, au fond de ma tronche de con, m'interdit de lui avouer quoi que ce soit. Un peu comme un pédophile devant un keuf.

Moi : Mais à toi, je t'ai déjà filé pas mal de fessées quand tu étais gosse…

Elle : Pas assez visiblement. J'suis une enfant terrible.

Elle : J'en veux encore ! Papy !!!

Moi aussi, j'en voulais. Je voulais son cul ! Ce cul déjà pris ! Ce cul déjà épris ! Je voulais cette cage à fantasme !

Après quelques minutes de réflexion

Ça tombe dans l'idiotie, mais derrière mon écran, ces mots me choquent. Je ne les assume pas. Je ne peux juste pas… Comme une verge qui ne s'assume jamais ! Je ne les assume pas même s'ils sont un peu de moi. Un peu de ma littérature. Ils la rendent peut-être un peu moins chiante… Peut-être… Je parie que tu les aimes, petit con ! Je le parie, mais je ne sais pas si c'est important. Après tout, je n'écris que par égoïsme ! Juste pour essayer d'assumer ma verge.

Chapitre 21

Samedi 12 janvier 2019

Ce soir, Aïcha m'appela pour aller traîner au *Club des Arts actuels*. Ancien entrepôt désaffecté. Il est cet amas d'acier parsemé de verrières. Haut lieu de la culture underground. Tanière des arts qui dérangent dans cette ville. Enfin, qui dérangent plus ou moins… Plutôt moins que plus d'ailleurs. On vit cette époque où le génie de Marcel Duchamp entre enfin dans les mœurs, du moins pour certains. Où l'art ne se pense plus que comme de l'esthétique insipide. Où l'art avec un grand A ne tend plus à l'émerveillement béat du beau pour devenir une tranche de notre conscience commune. Telle la forme qui laisse place au fond. Il est là pour toi ! Un peu comme moi, mais en moins chiant ! Pour que tu t'interroges sur toi ! Sur tes préjugés de connard ! Sur tes attitudes de pouffiasses ! Comme ce pissoir que Duchamp essaya de déposer quelque part, au fond d'une galerie. Face à ta gueule. Comme pour te dire, j'existe petit con ! J'existe et je suis de l'art ! Un peu comme tu pourrais crier : « j'existe et je suis un connard ! » Je suis de l'art uniquement par ce que l'on a décidé que j'étais de l'art. Il commença par te le murmurer. Par te le murmurer comme un gamin qui aurait commis une bêtise un peu honteuse. Comme cette chose que personne ne veut vraiment voir. Il se posait là, en tant que rebut de tous. Refusé même là où l'art est censé jouir sans entrave. Dans un de ces pseudo-lieux de liberté absolue. Là où l'artiste était censé s'imposer en maître. Et puis, l'action du temps nous détruit tous. Ce connard qui te transformera irrémédiablement en vieux con. En vieux con puis en cadavre. Comme il a transformé ce vulgaire réceptacle industriel à huile de vidange humaine en chef-d'œuvre de l'art. Le premier à nous demander quasi explicitement : qu'est-ce que l'art ? L'art peut être un pissoir ordinaire… L'art avec un A pharaonique !

Aujourd'hui, c'était Charles Morgan. Artiste suisse roman dans la veine de Jean Tinguely. Sans doute en plus propre… En plus présentable… En plus chic ! En plus vendable ! Peut-être le rejeton plus ou moins légitime qu'il aurait engendré avec la bijouterie de luxe… Peut-être… l'esthétisation du vacarme enfantin un peu désordonné spécifique à l'égérie romande de l'art contemporain… Peut-être… Je ne sais pas… Je ne suis personne pour juger ou interpréter. C'est ce que j'ai reçu de son œuvre. Mais c'est peut-être Aïcha qui en parlait le mieux :

— Il est chou ! J'ai trop l'impression d'un Shadok pour de vrai… me marmonna-t-elle en examinant le petit robot d'environ 30 centimètres fait d'un amas de ferraille.

— Oui, mais lui, il a même une paire de burnes ! lui répondis-je.

— Oh, j'avais pas vu !

— C'est ta pureté innocente.

— T'sais, j'suis un peu une gamine, et pis j'ai trop envie de jouer avec, me dit-elle en sautillant innocemment sur ses pieds.

— Bah, prive-toi pas, faut bien se marrer des fois ! lui répondis-je avec une intention un tantinet narquoise.

— J'suis une gamine un peu grande pour m'faire talocher par le galeriste…

— Bah, je suis sûr que l'artiste l'a fait pour les grands gamins. Pour qu'ils aient envie de jouer avec ! lui suggérais-je tel un mec voulant s'agripper au dernier mot.

— Mais j'crois pas qu'il ait eu envie que je le fasse réellement !

— C'est l'intention qui compte !

— Je me demande quelle est l'intention de ce mec… articulai-je en déambulant entre les œuvres.

— C'était peut-être juste un gamin… Tu sais un mioche génial. Un truc entre le petit plaisantin et le geek du Lego-technique.

— Lui, il se disait justement entre l'humour anglais et la précision helvétique.

— Oui, pas con !

Nous stagnions dans cette atmosphère mi-bourgeoise, mi-punkadélique quand Aïcha m'entraîna quelque part. Un sécu nous dévisagea. Comme si nous allions, là où nous ne devions pas vraiment aller… Là où ce n'était pas vraiment fait pour les éclopés.

Il finit par nous laisser passer mi-hésitant mi-interloqué. Nous descendîmes alors l'escalier en colimaçon au rythme de mon pas d'infirme. Jusqu'au fond de la cave du club. Au tréfonds de nulle part… Sur scène, un vieux type se produisait : Étienne Microco. Il n'est ni beau ni attirant. N'a pas une voix musicale. L'instrumental est sorti d'un foutoir dissonant. D'un capharnaüm dissonant et incohérent. Un peu comme s'il était fait pour n'être qu'irréalité… Juste pour te prendre là où tu ne t'y attends pas… Pour faire hurler tes tympans de petites pisseuses offusquées.

Et puis, restent les textes. Basiques et efficaces !

On dit qu'une queue, c'est fait pour baiser
Mais moi, j'ai juste l'envie de pisser.
Mon père m'a montré les trous exigus
Il fallait se les faire ! Moi, je leur pisse dessus !

Je suis devenu un peu cabot,
Je pisse.
Et c'est beaucoup trop beau,
Je kiffe !

Microco ne se contente pas de te dégueuler ses maux à la gueule. Il va te chercher. Il va te chercher comme j'aimerais aller te chercher. Dans ton corps. Dans tes tripes ! Presque dans ton cul !

Il était là, debout devant nous. Mettant sa barbaque tripale sur scène. Il devenait cette espèce d'animal hurlant ! Animal gerbant ! Animal pensant ! Artiste sans concession ! Homme à poil. Performeur qui se désape. Il était désormais nu sur scène. Seul avec son bâton ivre. Seul avec sa vie. Peut-être avec sa démence… Avec les cris de ses tripes… Plus il était cet animal, plus nous étions notre malaise. Plus je jouissais de mon malaise. « Je » n'étais plus le malaise. L'infirme n'était plus le malaise ! Le malaise c'était l'art ! Le malaise c'était lui ! L'art redevenait ce pissoir. Un flot de subversion qu'il crachait tel un jet d'excréments plus ou moins factices.

    Et moi, je suis là, au premier rang. Seul ! Seul parce que les autres se sont cassés. Comme s'il existait cette éternelle peur ancestrale de la bête… Et puis, vint cet instant suspendu. Hors du temps. Hors de mon temps. Cet instant où il se jeta sur ma biroute dans un geste artistique primal. La branla de façon enfantine et asexuée. Juste comme s'il avait envie de pisser…

Chapitre 22

Lundi 14 janvier 2019

Ce soir, je devais parler… Lui parler… À elle… À Aïcha ! Je devais mettre des mots sur ce que je venais de vivre. Ce vécu devait forcément être verbalisé. Le faire derrière un écran était juste plus simple.

Aïcha : J'espère qu'hier ça t'a plu malgré ton espèce de viol ! Je ne sais même pas si ça en est vraiment un ou pas.

Moi : Arg, le viol… L'instant préféré de la pisseuse groupie ! L'art dans toute sa grandeur ! Le geste artistique poussé jusqu'au bout de sa subversion ! J'y ai beaucoup réfléchi. Je crois qu'une partie de moi s'est sentie offusquée. Une autre a juste aimé que l'on m'embarque quelque part, hors de mes propres limites. Presque une espèce de réconciliation avec ma bite. Comme si je me rendais compte qu'elle était socialement acceptable… Si c'était à refaire, je ne crois pas que je changerais une seconde de cette soirée… Au final, j'ai juste tout kiffé de chez sa race !

Aïcha : Je pense qu'il a su réveiller ou éteindre des trucs en chacun de nous hier soir. C'était presque magique.

Moi : Un personnage tellement particulier… Il est son art !

Aïcha : Carrément !

Chapitre 23

Vendredi 18 janvier 2019

Microco me rappelle cet instant où je me suis senti libre ! Comme un temps des fabuleuses perversions. Cet instant où quelqu'un m'a plongé dans un vacarme libératoire. C'était quelque part, en 2012… Quelques mois avant que l'on assassine mon monde… Avant que je redevienne cet être destructeur. Cette immonde plaie purulente dans laquelle je me complais. Elle se trouvait là, accoudée au bar. Elle avait passé la vingtaine de peu. Vague pote d'ivresse à l'esthétique plutôt agréable. À la gueule plutôt sympathique. Enfin, comparées à moi, toutes les gueules semblent sympathiques. Elle était de ces gens que tu croises sans forcer ton sourire. Oui, je peux sourire même si ça paraît inconcevable. Certes, le mien est un peu plus cadavérique que le sien. Mais elle, elle était de ces gens qui font ton monde sans que tu t'en rendes vraiment compte. Juste une de ces ombres chinoises qui composent ma vie crasseuse. Là, au fond de ce petit lieu à l'allure plutôt accueillant, perdu dans les hauteurs de la ville. Perle intimiste surplombant une institution lausannoise de la nuit. Derrière le zinc de l'ivresse arrosé par une lumière discrète prise dans les riffs de Metallica.

Comment je suis devenu un gros con

JP se trouvait là, aussi. Grand bonhomme fin de 35 ans aux yeux aussi bleus que du lave-glace et aux cheveux longs. Il était, sans doute, épris d'une de ces discussions sans réel intérêt avec elle sur un ton démesurément volubile dénué de toute gêne. Il relevait de la bite sur pattes un peu décérébrées, mais, ô combien, attachantes ! Un de ces types qui n'ont jamais conçu une minute de leurs vies sans parler de leur queue. Et puis, il partit et je m'enfonçai dans une discussion inepte avec elle…

— Fais gaffe, c'est un pervers !

Juste une de ces phrases faites pour ne rien dire… Pour combler ce vide béant qui plane sur les relations superficielles… Pour être un crétin qui parle… Pour la faire réagir avec innocence…

— Et toi, tu es un pervers ?

— Je réfléchis et je te réponds…

Elle partit. Et moi, j'espérais juste qu'elle se casse. Qu'elle ne remette pas ses doigts sur les rapports que j'entretiens avec ma queue ! Mais elle revint à la charge deux minutes plus tard alors que rien n'avait réellement changé. Seul AC/DC avait remplacé Metallica dans mes oreilles. Et moi, je devais me confronter enfin à mon malaise…

— Alors t'es un pervers ?

— Il y a deux types de pervers, le pervers qui s'assume et celui qui ne s'assume pas. Moi, j'ai juste oublié de m'assumer…

Elle repartit sans broncher. Et moi, j'avais l'impression suave que ce que je venais d'éjaculer appartenait encore à la normalité. Que je pouvais être un pervers ! Que j'en possédais le droit ! Le droit d'être une queue. Une queue violente. Une queue qui s'affirme. Une queue sans un cœur détruit. Juste une queue. Je ne sais pas. Je ne sais pas ce qu'elle voulut faire au fond d'elle et ça m'importe peu. Un message n'est peut-être pas fait pour être dit… On se torche l'anus avec les intentions d'un locuteur ! Seul compte les éclaboussures de ses excréments verbaux sur le destinataire. Et, pour le coup, j'aimais assez son caca. Un caca qui m'encastrait dans un temps de fabuleuses perversions. Un temps où je réintégrais mon gourdin… Juste ça…

Chapitre 24

Samedi 19 janvier 2019

Hier, j'entrais quelque part en moi tel un être inepte. Je déambulais dans ce monde nocturne entre l'implacable fracas de gens déraisonnables tel ce porc insortable. Ce porc qui fait peur. Ce porc qui se terre dans la peur des autres. Là avec cette éternelle obsession de la femelle percutant constamment ma caboche. Mais ce soir, je me sentis presque sexué ! Ou plutôt *microcoïfié* ! Telle une poupée vaudou assumant son phallus auquel l'on a cessé d'arracher les sacs à foutre.

Ce soir, j'étais dans ce bar un peu glauque, face à une pisseuse. Je me retrouvais happé par l'absurdité de son regard qui me percute. Elle me sourit ignominieusement, la pute ! Je la regardai ! Elle me regarda… Je la fixai… Elle me fixa… Je lui souris, encore… Elle me sourit, encore… Et…. Et je me cassai ! Je me cassai parce qu'elle m'insupporte ! Elle avait la moitié de mon âge et je la désirais, la pouffe. Elle n'était qu'une image, mais je voulais cette image. Cette image d'amour malsain me renvoyant toute la haine que j'ai emmagasinée. De ce que je n'ai pas eu. Un pote me lança sur un ton mi-moqueur, mi-bienveillant :

—Va danser, elle est bonne !

—Je peux pas, je suis pas assez bourré ! lui répondis-je désabusé.

—Tu peux jamais, trop bourré, pas assez bourré… Y a toujours quelque chose…

—J'y peux rien si je suis infirme et crétin… dis-je, à moitié agacé, à moitié attristé.

Alors je me cassai ! Je me cassai et je tombai sur Christine. 33 ans, un physique plutôt avantageux et un rire ravageur. Libidineuse à l'attractivité démentielle. Je ne la hais pas. Je ne la hais pas parce que je ne l'aime pas ! J'effleurai machinalement ses lèvres. Une habitude avec elle. Elle m'attire juste ! Elle m'attire et sait comment me faire un peu de bien. Elle m'attirait, alors je me cassais ! Je me brisais ! Je me déchiquetais ! Je hurlais ! Je redevenais cette haine de moi ! Elle était ce que je cherche. Ce que je n'assume pas ! J'ai peut-être pris un peu de Microco, mais je suis toujours lacéré par la névrose… Ma névrose   Le docteur Égoir ! Celui qui m'encastra dans l'asexualité.

Chapitre 25

Lundi 21 janvier 2019

Je vis ainsi. J'ai besoin de séduire ! Mais je ne supporte pas d'avoir séduit. Je ne supporte pas ce moment…. Ce moment où tu dois assumer. Ce moment où tu sens que les possibles dépendent de toi. De ta tronche de con. Ce moment où tu as le vertige de ne pouvoir qu'être plus pitoyable que ce que l'autre espère. Je hais ce moment. Je hais ce moment parce que je sais que je ne peux que décevoir. Décevoir l'autre. Me décevoir. Décevoir mon monde. C'est à cet instant que le face-à-face avec ma médiocrité est le plus insoutenable. C'est ainsi, quoi que tu fasses, tu ne peux que perdre l'amour que tu as gagné. Ou te faire castrer dans un lien qui emprisonne. Tous les liens emprisonnent. Ils détruisent juste le con que tu étais. Après, tu ne seras probablement jamais tout à fait le même.

Alors j'ai décidé de miser sur ma laideur ! De miser sur elle pour optimiser le rejet de l'autre. J'ai décidé de la travailler ! De la soigner ! De m'y accrocher ! De la tailler à ma mesure ! Au bon niveau… Ni trop ni trop peu… Elle me permet d'essayer d'être le meilleur possible. Le plus compétitif socialement que je puisse être sans avoir à en subir les conséquences. Sans devoir être aimé. Être perpétuellement meilleur que je ne suis. Sans subir la pression de celle qui m'aimerait trop. Sans devoir être accablé par un amour castrateur et inutile. Par une pulsion d'affections à la raison absente ! Enfin, en temps normal, ça marche… Certains soirs, moins bien que d'autres…

Après quelques minutes de réflexion

Je sais. C'est complètement débile ! Aberrant ! Contre nature ! Presque inhumain. Je le sais… Je sais, mais je ne peux pas faire autrement. Je ne peux pas… C'est physiquement impossible ! Le truc gluant qui sert à être moi-même ne peut pas l'accepter. Il ne le peut pas. Il n'accepte pas ses limites. Il ne peut pas accepter que l'on aime ses propres limites. Au fond de moi, je crois juste que je hais les gens qui acceptent mes limites. La liberté du dédain est tellement plus confortable. C'est pathétique !

Chapitre 26

Mercredi 13 février 2019

Ce soir, Greg, mon punk préféré, m'inquiète. J'ai toujours eu une profonde affection pour les punks. Probablement parmi les seuls à pouvoir se foutre de tout ! Y compris de ton apparence. Y compris de ton fil de bave au menton. Il avait renoué avec sa jeunesse punk après un parcours plutôt brillant à l'École Polytechnique et l'échec de sa start-up. Deux ans plus tard, il devait se mettre à courir au fion des théories absurdes. Ce n'est pas non plus parce que tu es punk que tu dois forcément être raisonnable.

C'est ainsi, l'économie eut, sans doute, raison de sa rationalité. Quand on percute le bien-être d'un individu, on fracasse probablement beaucoup plus que ça… On assassine, sans doute, son aptitude à exister dans notre monde… Peut-être aussi sa capacité à vivre avec l'autre… Peut-être, je n'en sais trop rien… Et moi, j'ai juste envie de faire quelque chose. D'agir ! De ne pas rester inerte et passif face à un sens d'une réalité commune partant en lambeaux. Face à un mec s'écartant inexorablement de notre raison. De cette capacité à créer du sens commun. À rendre le monde des idées vivable.

Cette fois, ça devait être au tour du réchauffement climatique de se faire piétiner par sa pseudoscience. Une théorie qui m'effleure, de temps à autre, la caboche. Qui m'en gratte une sans réellement chatouiller l'autre. Je suis ainsi. Un lâche ! Un égocentrique ! Une merde qui pue ! Un immoral ! Un amoral ! Mais je ne supporte pas l'idée que l'on nie les faits. Que l'on assassine le réel ! Alors j'ai préféré me haïr plutôt que de haïr la réalité. Lui, il est juste moins con que moi ! Juste moins incohérent ! Il cherche juste à optimiser son bonheur. Il préfère juste buter la réalité plutôt que de buter sa joie de vivre. Sa liberté. Son confort. Finalement, je suis peut-être un peu jaloux… Peut-être… Mes maigres capacités neuronales n'ont aucun sens si elles ne servent pas à rendre heureux… À me rendre heureux ! Lui, il avait juste la capacité d'être un taré qui nie l'évidence ! Je l'envie beaucoup trop au fond. Je l'envie beaucoup trop ! Je suis juste angoissé face à une société qui perd la raison. Juste terrorisé à l'idée de ne plus pouvoir se mettre d'accord sur des faits basiques.

En parcourant la sphère zététique, je percutai le concept de l'entretien épistémique. L'idée peut paraître tortueuse. Mais finalement, elle peut se résumer à quelques idées plutôt simples : l'art de préférer une question pertinente à une affirmation foireuse. L'art d'offrir à l'autre la possibilité de s'interroger sur ses propres certitudes. De s'interroger avec lui sur nos certitudes. De coconstruire une vision du monde la plus réaliste possible. D'entamer un dialogue socratique. De magner l'empathie ! L'empathie comme meilleur moyen de faire évoluer quelqu'un. Peut-être qu'au final, il ne reste que ça… Peut-être… Peut-être que Greg est la personne idéale pour ce genre de choses… J'ai probablement autant d'affection pour la personne, que j'ai de répulsion pour ses idées…

Ça tombe, sans doute, dans le crétinisme crasseux ! Dans l'idiotie la plus scabreuse ! Mais j'ai l'impression d'être enfin un peu utile en agissant de la sorte… Comme l'impression vaine qu'une part de moi-même peut encore s'éparpiller dans le monde pour le rendre dérisoirement meilleur. Je vivais avec le fantasme de pouvoir, moi aussi, servir à quelque chose sur cette terre. Même si, au fond, c'est totalement idiot, je lui lançai un petit message pour aller s'en jeter une au Café de l'ivresse. L'atmosphère y est plutôt sobre. Une colonie de tables en bois sans réel style parsemée de quelque semi-vieux finissant leurs portions de papet vaudois.

— Ça a l'air fun tes théories écolos… Même si elles me font un peu vriller une durite ! lui dis-je en balançant ma blanche contre sa blonde.

— C'était peut-être pas le but… mais enfin… sortit-il après une gorgée.

—J'ai jamais compris comment un mec aussi brillant pouvait balancer des trucs comme ça !

— Ça me paraît évident quand t'entends les arguments de mecs comme Vincent Courtillot, par exemple… Et il y en a plein d'autres…

— Si tu lâches des bombes comme ça, je suis niqué. Je peux rien dire. Je me prends juste l'argument d'autorité dans la gueule !

— T'iras voir sur le net et tu me rediras…

Quelques heures plus tard en rentrant…

Moi : Ça me paraît très convaincant, mais je n'arrive pas à cerner la chose, je n'arrive pas à comprendre pourquoi faire confiance en lui, en particulier…

Lui : Ça me paraît logique, lui il ne s'aplatit pas devant le système médiatique, il est libre

Moi : Tout ce qui n'est pas médiatique te donne confiance ?

Lui : Je suis ainsi, je suis un rebelle, je suis punk !

Moi : Tu crois que ça te rapproche de la vérité ?

Lui : La vérité, on en a tous une… On fait avec !

Moi : Donc, à ton avis, il n'y a pas de vérité ?

Lui : Je ne sais pas si la vérité existe réellement

Moi : Peut-être… Je ne sais pas… Je vais y réfléchir.

Je dois admettre que l'argument me plonge au fond de l'angoisse. J'avais l'impression qu'il vivait sans réalité. Avec la possibilité de proclamer n'importe quelle ineptie ! D'allègrement chier sur le sens commun ! On était là, contraint à l'impossibilité de vivre côte à côte dans une imbrication de réalités qui s'entretuaient. Et pourtant, je crois que l'on y est presque arrivé…

Chapitre 27

Jeudi 21 février 2019

Là, perdu dans la nuit, je repense à elle. C'était en ce temps des fabuleuses perversions, quelque part en 2012… Celui qui me rendait heureux. Ou je jouissais de cette étiquette. Celle que l'on m'avait collée. Celle d'un pervers qui se défait d'un Surmoi oppresseur. Et elle. Elle était belle. Brillante. Jeune pétasse asiatique de 22 ans exportée par avion un soir d'hiver. Thaïlandaise à la poitrine généreusement sculptée par une génétique méritant d'être reproduite. Hélas, l'énormité de son égo, à lui, l'avait passé par pertes et profits. Lui c'était ce pote factice dans la peau d'un connard avéré ! Lui c'était son mec. Enfin celui qui venait de la jeter. Quelque part, là où elle avait besoin de retrouver ce désir perdu. Quelque part, peut-être entre quelques coups… Peut-être… Probablement… Assurément ! Certainement ! Je ne sais pas. En tout cas, c'est ce qu'elle disait. Ce que les gens disent me rend toujours un peu perplexe. C'est pulsionnel ! Je n'y peux rien. Je ne sais même pas s'il faut se draper de fierté ou de honte. Je ne le sais pas… Je ne suis qu'un être humain. Un modèle sans détecteur de mensonges intégré. Alors je me contente d'une probabilité. D'une probabilité de véracité. Reste qu'elle, elle était bien réelle. Qu'elle avait besoin de parler ! De me parler ! Et moi, j'avais besoin de la comprendre. De la toucher. De la peloter !

Ça devait se passer au XIIIe siècle. La boîte de Lausanne qui pète dans l'esthétisme le plus abouti. Prise dans le néo-moyenâgeux. Étable sous lightshow telle la rencontre de l'histoire avec un contemporain embourbé dans l'obsession pathologique des nuits dépravées. Nous stagnions autour d'un dancefloor à quelques plombes du mat. L'heure où seule compte l'ivresse. Où seule compte la folie. La déraison. L'amour peut-être…

— Je suis triste… me dit-elle en se rapprochant de moi.

— Moi aussi, mais pour toi ça passera, lui répondis-je en effleurant son dos avec ma main

— Pour toi aussi

— Chez les vieux cons, ce genre de choses ne passe jamais, criais-je avec mon visage des jours triste

— Tu veux qu'on la fasse passer ensemble ?

Je restais assis là, mort et assassiné par ce flot d'ocytocine. J'avais cru à une possibilité de… Putain, j'étais amoureux ! Je hais l'ocytocine. Je la hais. Je hais tout ce qui demeure d'humain en moi. Tout ce qui m'amène perpétuellement à négocier avec moi-même. Je hais ce besoin de lien. L'idée que mon bonheur puisse dépendre de quelqu'un. Je hais ce désir de l'autre. Au fond, on n'a jamais imaginé mieux au chapitre de l'aliénation. Comme si le désir ne suffisait pas. La nature dut inventer le désir mono orienté. Le désir d'une personne. Le désir qui ne se trahit pas. Que l'on ne doit pas trahir. La monogamie, c'est le goulag. Le désir de monogamie, c'est l'essence du masochisme. Et puis, désirer en se haïssant, ce n'est jamais que se haïr un peu plus. Ne jamais être à la hauteur du désir de l'autre. Être trop con pour lui ! La pétasse, elle avait fait de moi ce martyre !

Chapitre 28

Jeudi 28 février 2019

C'est pathétique, je suis un incapable… Incapable de jouer sans avoir peur de perdre. Incapable de causer avec quelqu'un qui me plaît sans être terrorisé à l'idée de perdre son affection. À l'idée d'être nul ! D'être pitoyable ! Juste, de ne pas correspondre à ses attentes, peut-être… Je suis incapable… Je me sens perpétuellement incapable… Incapable… C'est affligeant d'être aussi incapable… Jouer, c'est risquer de perdre. Ne pas jouer, c'est être certain de perdre. C'est vider son stack blind après blind. C'est dire non à tout ! C'est dire non à la vie, sans doute… C'est vivre sans espoir de bonheur ! Vivre avec la haine du risque. Vivre en fuyant le risque d'un malheur. Finalement, je perçois presque un aspect bouddhiste dans cette idiotie. Là, condamné à demeurer dans un entre-deux infâme. Espèce de Nirvana insane. Avec l'absence de désir. L'absence d'envie. L'absence de projet. Pris par l'illusion que se contenter de notre incommensurable nullité pouvait nous rendre à un bonheur dépitant.

J'aimerais savoir m'asseoir à une table de poker. Mais y poser mon cul devient trop pénible. Vivre d'espoir et de désespoir engloutit ma cervelle dans la terreur. Je crois juste que l'incertitude me tétanise. Sans doute, ne suis-je pas câblé pour ça. Je ne suis pas fait pour résister au hasard. L'idée que je n'avais pas de chance restait plus rassurante. C'est plus fort que moi ! Je ne peux pas. Je n'arrive pas à passer outre.

Je me contente d'échanger les coups. De cogner dans le vide pour avoir la certitude de m'écrouler. Je frappe dans des murs pour avoir le contrôle absolu de ma perte. Pour me rassurer sur ma décrépitude. Pour m'assurer que je maîtrise ma décrépitude. Que je me contrôle jusqu'à me filer des baigne ! Jusqu'à trucider ma vie ! Pour que je contrôle mes propres baignes. Ce que je désire, c'est avoir la sensation de la maîtrise de moi-même. L'ivresse d'un K.O. désiré. Même si ça ne mène désespérément à rien. C'est juste plus confortable d'enfoncer soi-même sa teub dans le chaos…

Chapitre 29

Dimanche 17 mars 2019

Hier, je glandais encore des plombes sur *camacam.fr*. Mon temps est fait pour être éternellement perdu. Je dois juste m'y perdre ! J'ai ce besoin vital de m'y perdre. D'y exposer ma verge inutile. De traîner 3 heures à mater des gens presque aussi désespérants que moi. Besoin de jouer à cet abruti ultime. Toujours libre d'être un déchet !

Mais larver ici ressemble un peu à stagner autour de cette éternelle table de poker. Tu sais que la plupart du temps, tu vas juste larver ici. Larver ici et perdre ! Perdre ton temps ! Ta dignité ! Ton estime de toi ! Au poker, on perd. On laisse s'évader ses jetons au fil d'une partie dans laquelle tu n'agis pas… Sur *camacam.fr*. Dans la vie, on perd ! On perd sa santé ! On perd sa beauté… Ses illusions… Ses espoirs… Ses rêves… Ses capacités… Sa dignité… Sa vie… Mais l'important ne se résume pas à ce que tu perds à la table. Tu joues juste pour que le gros coup compense tes pertes. Et le gros coup, ce fut ce contact sorti de l'étrange. Ce contact qui ne se montrait pas. Ce mystère derrière un écran noir.

Lui : Coucou

Lui : Tu es là ?

Moi : Bonsoir

Lui : Je suis une femme si jamais…

Ce genre de message se vautre souvent dans une odeur nauséabonde. Puant le factice. Le traquenard. Seul compte l'esquive. L'idée de ne pas être le pantin sexuel d'un marionnettiste prédateur de confiance.

Moi : Ça, je ne pourrais probablement jamais le savoir…

Moi : Mais peu importe…

Lui : J'ai juste ma main qui cache la caméra, car je suis nue, mais j'en ai une

L'individu insista. Tout peut être bon pour faire croire… Pour te faire croire ce que tu veux tellement croire. On n'a, sans doute, jamais créé de drogue plus puissante que la probabilité de baiser. Peut-être que pour y résister, il n'y a guère que la haine de soi… L'assassinat de ses désirs par son propre dégoût. Le fait de s'ériger contre soi-même. Contre ce qui nous fait vivre. De massacrer ses instincts aux détergents. Ce truc propre aux inaptes à l'existence ! C'est peut-être plus facile de ne pas baiser quand on a juste envie de crever… Peut-être…

Moi : Haha haha

Lui : Tu te moques ?

Effectivement, je n'y peux rien si je deviens un vieux con pris par le cynisme. Un vieux con au sourire narquois. Au rire trahissant mon dédain. C'est ainsi… C'est juste ainsi…

Moi : Non, juste de la peine à croire les gens sur parole…

Moi : Je n'y peux rien…

Lui : C'est normal c'est vrai

Lui : Pourtant c'est la vérité pour une fois

Soudain, l'individu devint-elle... Elle ouvrit sa caméra. Un corps svelte et dénudé sorti de ce flot de pixels insensés. Jaillit dans l'obscénité de mes fantasmes. Elle se transforma en un concept de l'absolue déraison. La fontaine de Duchamp. La chose qui ne devait jamais traverser ce monde... Là, devant moi, le désir sortit de nulle part. À poil ! Offerte ! Juste l'improbabilité d'un érotisme infécond.

Moi : Toutes mes excuses...

Moi : Très gracieuse...

Moi : Ça donne des pensées impures...

Elle commença à se caresser subversivement la courbure de ses nichons discrets assassinant le calme de mon pilon. Elle restait là. Seule avec ce corps élancé. Délicieuse. M'incarcérant dans ce désir hors du temps. Et moi, je me laissais envahir par la démence de l'excitation.

Moi : J'ai envie de me branler !

Le désir montait. Montait. Montait !! MONTAIT !!!! Je restais pris par l'obsession. Celle de jouir avec elle. De jouir sur son image. De violer la décence.

Elle : Fais profite

Moi : Trop belle !

J'étais là, commençant à me mettre en scène devant cet écran à l'impersonnalité factice. Laissant la violence du fantasme m'envahir. Laissant place à l'explosion de ma queue !

La délicatesse d'une de ses mains frôla son ventre pour descendre vers sa chatte. Avec l'autre, elle continua à peloter hypnotiquement la fermeté de nichons encore un peu juvéniles. Quelque part, à l'apogée de leur attractivité. Et moi, j'expose ma flûte. Je lui impose mon instinct. Mes pensées n'appartiennent plus qu'à cette bête désirant violer cette intimité offerte.

Moi : J'ai envie de te faire des choses…

Elle : Hmmm

Moi : Trop de choses…

Elle écarta ses cuisses et se soumit intégralement à ma perversion. M'offrit la perfection de sa chatte rasée que j'eus envie de subtilement défoncer ! Envie d'y fourrer sauvagement ma langue ! D'être là pour la faire jouir. La faire jouir avec cette délicatesse bestiale. N'être qu'indécence…

Elle : Je mouille

Moi : J'ai envie de faire des choses à ce corps parfait

Ses doigts s'enfoncèrent et moi, j'eus juste envie de la défoncer. D'y enfourner ma queue. Ma queue de vieil infirme dégueulasse. D'y enfourner ma queue comme elle y encastre ces doigts. Un. Puis deux. Puis trois. Je me sens en elle. Nous n'étions plus qu'une bite, une chatte et rien d'autre. Du cul ! Du cul à l'état pur. Du cul sans passé ni futur. Juste du cul !

Moi : Trop envie d'être ta main !

Moi : Je vais cracher…

Elle stagnait là. Incrustée dans la bestialité de l'instant. Y allant de plus en plus fort. Comme pour accueillir ma purée avec entrain… Pour être ma pute jusqu'à ce que je crache !

Elle : Hmmm

Moi : Merci

Moi : Trop sublime !

Elle : Merci c'est gentil

Elle : Je te souhaite une bonne soirée

Moi : À toi aussi

Moi : Et à bientôt

Ces mots s'engloutissent dans l'étrange… Dans l'ubuesque… Dans le déraisonnable le plus absolu. Comme s'ils ne pouvaient pas réellement m'appartenir… Comme s'ils ne pouvaient sortir que de l'impossible… De l'irréel dans lequel le désir féminin ne devait pas faire partie de ce monde. Comme s'ils ne pouvaient pas faire partie de mon monde… Je me sentis juste un peu Microco…

Chapitre 30

Mercredi 1er mai 2019

Et puis, mes parents font aussi partie de moi. Mes parents, c'est des parents... Ça foire quand même beaucoup moins quand ça n'a pas d'enfant ! Je les hais ! Je hais le concept ! Je les aime, mais je les hais... Je les hais parce qu'ils m'aiment et tout ce qui m'aime me fracasse. Je les hais parce que je n'arrive pas à me faire haïr par eux. Je les hais peut-être parce qu'ils m'ont tout donner. Je veux juste qu'ils m'insultent ! Qu'ils me lâchent ! Qu'ils me claquent la porte au nez ! Ils m'ont tout donné, mais ils m'ont pris à l'inexistence, les salauds ! Je veux ne pas exister à travers eux ! Je ne veux pas exister tout court ! Je ne veux pas... Je ne l'ai jamais voulu... Peut-être qu'une naissance est un viol... Peut-être que c'est toujours un viol... Une plaie de laquelle tu n'arrives jamais à t'extraire à moins d'un suicide inaccessible à une volonté normale... Peut-être... Je n'en sais trop rien... Et de toute façon, on se torche le cul avec mon avis !

Ils provoquent, en moi, un besoin éternel de m'échapper. De m'évader. J'ai presque besoin de les fuir comme on fuit la taule ! Comme tu pourrais avoir désiré fuir ta propre taule. Ton existence.

C'est inepte ! Tu désespères face à la pesanteur de ta vie. Tu aimerais être partout sauf là. Sauf dans ta tronche ! Tu te demandes éternellement si le pire est d'être condamné à vivre ou contraint à être entouré… Tu voudrais seulement te mettre une balle dans la gueule pour plus vivre dans ta tronche. Tu te demandes si c'est toi ou ton entourage que tu as envie de dézinguer… Tu te le demandes… Non… Non, excuse-moi ! Toi, tu n'as rien à voir avec ça… Ce n'est pas toi l'excrément, c'est juste moi ! Moi qui ne me supporte pas ! Moi qui ne peux pas dire « je » parce que le « je » me dégoûte un peu trop…

C'est absurde ! Absurde d'en vouloir systématiquement à ceux qui t'entourent. Absurde, mais inévitable ! Seuls les gens qui passent dans ta vie peuvent t'atteindre. Seuls ceux qui peuvent t'atteindre t'atteignent. Seuls ceux qui savent t'atteindre te tuent ! C'est juste ainsi, tes parents te tuent toujours… Sans eux, tu n'aurais jamais eu à crever ! Et avant ça, tu te traînes leurs névroses. Leurs névroses qui ne sont pas les tiennes. Leur époque qui n'est pas la tienne. Leur trajectoire qui n'est pas la tienne. Ils ne sont pas responsables. Ils ne sont jamais responsables. Ils ne sont que les jouets d'un instinct de survie qui se reproduit sans réellement savoir pourquoi. Du moins, c'est la seule excuse qui reste trouvable… Je crois… Je ne sais pas… Et toi, tu en penses quoi ? Tu en penses quoi petit con ? Pétasse ?

Après quelques instants de réflexions

Je sais… Je sais que tu ne peux pas me répondre. Je t'aime un peu pour ça… Parce que je tombe éternellement dans la pleutrerie. Je m'y vautre beaucoup trop pour me confronter à une réaction humaine. J'aurais, sans doute, besoin de percuter mes idées dérisoires avec un autre imaginaire peut-être… Mais j'en suis douloureusement incapable ! Alors je me contente de me regarder dans un miroir à travers un toi aussi désespérant que moi. Même si je sais que ça ne mène pas à grand-chose… À l'aberration d'une solitude… C'est peut-être nos imaginaires qui servent à se rencontrer… Peut-être… Peut-être… Un jour, ma psy me pondit une théorie comme quoi la proximité de nos imaginaires guidait nos affinités. On serait là, passant nos vies à chercher ces bribes d'idées communes pour créer ce lien, à jamais, imparfait. À chercher une conscience qui ne s'encastre jamais réellement dans la sienne.

Chapitre 31

Mardi 21 mai 2019

J'avais rencontré Jane en 2012. Quelque part dans le temps de fabuleuses perversions. Elle vivait telle une perfection. Juste l'affaire d'une obsession qui n'aurait jamais dû être absorbée par mon cerveau malade. Je nageais toujours dans le subtil fantasme de la Thaïlandaise aux amours désespérantes. Je me noyais toujours dans une pataugeoire d'ocytocine. Je me remémore ma rencontre avec elle. Quelque part dans ce temps où tout devenait possible… Où mon écouvillon à cavité reproductive s'exprimait un peu. Où j'assumais ma perversité ! Où je traînais encore vaguement à la fac. Je me retrouvais au coin d'un bar de l'université. L'ambiance était baba cool. Ça ne sentait pas le patchouli, mais l'odeur y était presque évanescente tant le Bazard rappelait cette ambiance. Entre quelques échiquiers de mauvaise qualité et jeux de cartes usés.

Christophe m'accompagnait. Grand personnage plutôt fin, il ne savait plus réellement vers quoi orienter sa vie. En troisième année de physique à l'école polytechnique, il devenait un peu blasé par les lois de la nature qui n'avaient pas grand-chose d'humain et il était travaillé par les questions relatives au choix. Au fond, je crois que nous l'étions tous les deux. Nous avions l'obsession des gens qui sont passés à côté de leurs existences, peut-être... Peut-être...

J'avais noté ce bout de dialogue sur un vieux disque dur. Juste quelques bits informatiques pour conserver une trace immuable de quelques bafouilles...

— Mais, pourquoi tu t'emmerdes à l'uni ? Tu pourrais faire des trucs moins chiants ? J'sais pas. Jouer aux échecs ou draguer des meufs... lui balançais-je innocemment.

— Oui, mais j'ai envie de comprendre. Ça m'éclate encore un peu ! Je crois que j'sais pas vraiment quoi faire d'autre de constructif... Un jour, j'ai décidé d'être là après tout... C'est mon choix !

— C'est con, mais j'ai presque des doutes à propos de nos choix... J'trouve le concept un peu absurde. Ça chie quand même un peu dans le sophisme !

— Quoi... Quoi ? Tu dis quoi ?

— Tes vieux, ils sont quoi ? Ils font quoi dans la vie ? dis-je face à mon interlocuteur surpris.

— Mon père prof, ma mère-médecin, quoi... Sinon tu veux aussi leurs mensurations, peut-être... répondit-il en regardant les gens entrer dans le bar.

— Ça va, en vrai, j'ai pas encore des vues sur ta génitrice... Mais... Mais sinon c'est toi qui as choisi tes études, c'est toi indépendamment de tout ou c'est le fils d'intello qui suit ses vieux ?

Deux jeunes femmes arrivèrent. Saluèrent discrètement Christophe et s'assirent à la table d'à côté.

— Sans doute un peu des deux... dit-il un peu distrait.

— C'est-à-dire ?

—Je ne sais pas... Si mon père était faiseur de queues professionnel, je serais peut-être pas ici, mais je crois que j'ai quand même choisi de faire des maths plutôt qu'autre chose... me répondit-il en reprenant intérêt à l'échange.

— T'as choisi sans raison ?

— Personne ne choisit sans raison, ça a quel rapport ? Si tu choisis de ne pas tenter ta chance avec ma génitrice, c'est que tu as une raison... La vie, c'est pas être pris dans une queue ! s'exclama-t-il avec un ton agacé, il laissa son regard se tourner timidement vers les filles, comme pour se dépêtrer de cette conversation.

— Est-ce que tu as réellement choisi ou est-ce que ces raisons ont été choisies à ta place ?

— Ça sent l'argument moisi...

— C'est toi ou c'est quelques réactions chimiques dans ta tronche qui ont choisi à ta place ?

— Tes choix ont toujours une dimension organique c'est pas pour ça que tu choisis pas... Tu n'es pas une table !

— La seule différence entre moi et une table, c'est qu'une table ne se prend pas pour autre chose qu'une table.

Et puis il y avait elle... Une des deux jeunes femmes : Jane. Superbe grande rousse aux seins pharaoniques montée sur une paire de Docs Martin. Emballée dans une robe noire. Un peu courte, mais pas trop. Juste assez pour être suggestive sans être provocante. Être attirante sans être sexuelle. Elle se trouvait là, à côté de nous. Dans un coin. Prête à nous interrompre avec délicatesse.

— Sympa votre discussion. Moi, j'ai toujours pensé que la question n'était pas binaire. Ce n'est pas le choix ou le non-choix. C'est cette part infime de liberté. J'ai envie qu'elle soit là parce que sinon, ça serait trop triste. Mais je n'ai pas réellement d'argument pour, débita-t-elle avec un rythme ébouriffant comme si son temps de parole n'était pas légitime.

— Perso, je préfère penser le contraire, je n'ai pas envie d'être responsable de ce que je suis… lui répondis-je.

Elle sourit

— Tu as Facebook ? J'aimerais bien continuer à parler.

À ce moment, je dégueulais un bonheur aberrant. Je traversais la vie avec le sentiment vain d'avoir agi tel un énergumène aussi convaincant que j'aurais pu l'être. D'avoir tendu vers l'attractivité. De n'avoir pas été trop pitoyable. D'avoir fait le mieux que je pouvais faire. Peut-être juste l'impression d'avoir été bon… À la fin, rien d'autre ne compte. Rien d'autre n'a de valeur. Je suis ainsi. Je vis pour mon égo ! Je ne vis que pour un égo qui chie dans le non-sens…

Quelque chose d'infiniment fort et perturbant venait de se créer. Une angoisse que je n'allais cesser de croiser au détour des lieux de débauche tombés dans la routine pitoyable de ce vieux con que je m'obstinais à être. Que je m'obstine toujours à être ! Juste ce mec essayant de rattraper pathétiquement un temps à jamais englouti. Cherchant frénétiquement le jeune cul qu'il ne sut jamais peloter ! Cherchant à absorber un peu de ce qui m'a toujours fait me haïr ! À baiser un conflit perpétuel avec sa queue ! Mais elle n'allait pas cesser d'être ce diamant qui fait mal…

Je m'embourbe ainsi, face à une vie qui n'a rien qui mérite d'être conté. Elle ne se résume qu'à ce flot de balivernes que je ressasse à l'infini ! La médiocrité la plus absolue ! L'ignominie d'un tas flétri de neurones délirants ! D'obsessions aussi avilissantes qu'indicibles ! Mais je croyais toujours pouvoir les transcender.

Comme si une rose pouvait jaillir d'une merde au cul sans douleur dans le rectum !

Après quelques instants de réflexion

Je n'y peux rien… Je n'y arrive pas ! Les maux ne s'écrivent pas ! Ils ne se gerbent pas ! Ils veulent rester, à jamais, dans ce trou noir sonore. Capharnaüm duquel les mots ne peuvent réchapper. Le mutisme demeure, sans doute, leur seul aboutissement pensable… Du moins le plus rassurant…

Avec elle, tout allait être différent. Tout allait tendre vers le pire ! Tout allait tendre vers le plus insensé. Elle allait m'encastrer encore un peu plus profondément dans ma terreur ! Mes sentiments ! Bande de cons ! Je vous hais ! Je hais ces choses presque autant que je te hais, toi… Mais je ne peux pas me passer d'eux comme je ne peux pas me passer de toi, pétasse ! Vous faites partie de moi, bande de cons ! Je vous hais toujours et encore parce que vous faites partie de moi.

Chapitre 32

Samedi 8 juin 2019

Ce soir, je devais retrouver Greg au club des arts actuels. Un lieu que j'apprécie piétiner de temps à autre… J'y étais attiré par l'œuvre photographique de Florian Bach comme une conceptualisation de l'absence. Avec l'idée de retranscrire quelque chose d'intéressant à travers quelques pixels. Moi, j'avais essayé de me mettre à la photographie dans mon obscure jeunesse, mais j'étais juste fidèle à ma médiocrité habituelle. Je ne la trahis pas souvent celle-là ! Obsédé par la technique. Navigant désespérément à travers quelques données numériques un peu malheureuses. Quelques règles de composition un peu obtuse. Hélas, je n'ai jamais été pris par le talent de Bach !

Au lieu de nous émerveiller. Il nous immerge dans ce monde vide. Vide d'humanité. Mais l'humanisme sort, peut-être, quelquefois de ce vide. Je me baladais avec mon punk préféré entre les clichés d'un Sangatte dépeuplé laissant l'impression diffuse que la déshérence est presque capable de submerger les souffrances inhumaines. Un mystère envahissant !

— C'est une énigme, j'ai l'impression qu'il se passe rien et que c'est quand même triste... murmura Greg, les yeux rivés sur une photo.

— J'aime bien les artistes énigmatiques. Après tout, la vie, c'est qu'un gros tas d'énigmes !

— Comme ?

— Toi, t'es une énigme ! J'ai l'impression que tu dis que des conneries même si tu es brillant...

— Tu sais que toi, toi aussi, t'es une énigme. Mais moi, pourquoi ? me dit-il en se retournant vers moi.

— Comment on passe de doctorant en physique à climatosceptique ? lui demandais-je en continuant de déambuler entre les œuvres.

— La science, c'est le doute comme l'art c'est la créativité alors je doute... Et j'essaie d'être créatif... proclama-t-il avec une assurance totale !

— Mais le doute, jusqu'où ? C'est un peu con de douter de tout, non ?

— On ne doute jamais assez, Galilée, Einstein ont douté... Et on a douté d'eux comme on doute des scientifiques qui apportent quelque chose de nouveau ! me dit-il telle une évidence.

— Mais a priori, à l'École Polytechnique, on t'apprend pas à douter de la science...

Nous sortîmes de la salle *« Sangatte »* pour pénétrer dans la salle *« Asphalte »*. Dans ce monde incarcéré dans un goudron omniprésent. Engluant ce monde qui ne demandait qu'à exister. Ces instruments ne demandant qu'à produire des sons plus ou moins dissonants.

— La science, c'est fait pour douter… Un peu comme cette image, tu ne sais pas très bien pourquoi cette batterie est là, mais tu cherches… Tu doutes…

— Oui, mais douter jusqu'où ? À la fin même si le sens est flou, je suis à peu près certain que c'est une batterie goudronnée… l'interrogeais-je désemparé.

— Le doute pour un scientifique, c'est comme l'alcool pour un alcoolique… Il y en a jamais assez !

— Cette obsession du doute te vient d'où ? dis-je les yeux rivés sur la photo, sentant que cette discussion ne menait à nulle part…

— Peut-être une question d'éducation… il matait la sortie, avec cet air agacé qu'on les gens embourbés dans une discussion inepte.

— C'est-à-dire ?

— Je crois que ma mère m'a toujours appris à voir plus loin. Ça me semble évident qu'il y a autre chose même si tu veux pas le voir. La science sait pas tout !

— Elle a fait quoi, ta mère ? J'ai toujours tendance à m'accrocher aux querelles au-delà du raisonnable.

— Elle m'a ouvert à d'autres mondes (l'homéopathie, l'*anoitologie*…) Ça t'ouvre l'esprit.

— Mais t'es scientifique…

— Je crois à un certain type de science… Tu sais la science, c'est la confrontation.

— On a tous tendance à croire que les gens intelligents devraient penser comme nous… Mais c'est effectivement complètement con… lui balançais-je en saluant d'autres personnes…

Je suis juste trop con ! Je crois que j'en ai toujours beaucoup voulu à mon manque d'intelligence… Tu vois là, si je n'étais pas aussi abruti, j'aurais pu lui faire remarquer que de la merde sortait de sa gueule ! J'aurais dû lui faire remarquer qu'il disait que de la merde ! Si j'avais été moins con, j'aurais pu lui faire remarquer que Galilée ne s'opposait pas à la science, mais à la religion. Ou plutôt que la religion s'opposait à lui. Qu'elle voulait ratatiner ses théories ! La science, quant à elle, s'en accommodait très bien… C'est même l'argument ultime en faveur de la raison pure ! Et Einstein… Et Einstein, il n'a jamais été en réelle opposition avec la communauté scientifique non plus… Il a juste créé un modèle capable d'expliquer ce que Newton et les autres n'expliquaient pas ! Avec lui, la trajectoire de mercure ne s'écrasait plus contre notre incompréhension. Avec lui, il ne fallait plus une hypothétique planète pour la rendre cohérente. Il fut juste accepté parce qu'il était devenu la solution la plus simple pour comprendre le monde tel que l'on pouvait l'observer.

Mon manque d'intelligence, c'est probablement aussi ce qui m'a éloigné d'un bonheur acceptable. D'une existence passable. D'un corps baisable. D'études satisfaisantes. C'est ainsi, je n'ai jamais cessé de me trouver trop stupide. Je n'ai jamais cessé de penser que ma vie aurait dû être plus simple si je n'avais pas été aussi médiocre. Aussi con. J'aurais, sans doute, pu… Pu me satisfaire un peu plus…

Chapitre 33

Samedi 22 juin 2019

Après cette rencontre avec Jane, la belle rousse croisée au bar de la fac, je me souviens être là, amoureux et groggy. Esclave d'une ocytocine ne menant à rien. Juste à devenir encore un peu plus pitoyable ! Juste à devenir un peu plus le jouet de mes névroses. De mes désirs. De mes pulsions inutiles. Juste à devenir le jouet de ces idées aberrantes. Le temps des fabuleuses perversions se transformait en temps des amours dérisoires. Et il devait plonger dans le temps des souffrances ineptes. Je restais là. Avec ce besoin délirant. Celui de jouer avec mes cordes vocales. De m'exprimer ! De dégobiller le non-sens de mes sentiments ! De vomir ma tendresse quelque part ! J'en avais besoin, je ne pouvais pas faire différemment. Je ne pouvais pas, même si je savais que ce n'était pas raisonnable.

C'est ainsi parler... Parler pour se dire... C'est toujours un peu comme entrer dans un pot au poker... C'est donner à l'altérité la possibilité de t'anéantir en prenant le pari insensé qu'elle ne le fasse pas. En prenant le pari qu'elle ne puisse pas le faire. Penser que l'on a de fortes probabilités d'optimiser son bonheur, de préférence sans massacrer celui de l'autre… Finalement, une partie de poker n'est que l'allégorie d'une vie chaotique. Tu passes ton temps à faire des paris un peu dingues pour tenter de gérer un facteur chance jamais à court de tartes. Hélas, je joue au poker comme une quiche…

Je me traîne en tant que petit joueur. Je ne m'envoie jamais vraiment en l'air ! Je balance une mise pathétique. Cynique et minable ! Dégueulasse comme d'habitude. Je suis une grosse merde bien puante et essaie de l'accepter. C'était ainsi, je l'ai choisi parce que je savais que je ne pourrais jamais être complètement autrement. Que j'étais faible ! Que notre lien pouvait valser sans encombre ! C'était un cousin éloigné que je voyais presque plus depuis l'évaporation de mon grand-père. Certes, nous avions une amie en commun. Certes, elle était magique, mais le reste de son clan ne vibrait pas réellement avec mes névroses. On était déjà un peu étranger. S'apprécier ou se détester n'était pas véritablement grave. L'antithèse de Jane !

C'était ainsi, j'avais juste besoin de vomir alors je lui ai juste vomi ma déraison à quelques plombes du de l'aube au coin d'une rue :

— J'ai un problème… dis-je avec un ton un peu narquois propre aux alcooliques à qui il reste un peu d'espoir.

— C'est quoi ? me répondit-il alors que je commençais à ressentir son mépris.

— Ces temps-ci, je tombe amoureux !

— Ça t'arrive souvent ? sortit-il d'un ton de plus en plus narquois.

— 2 fois en 3 semaines !

— De qui ?

— La dernière, c'était une brillante jeune femme de 20 ans !

— Arrête de fantasmer, reprends-toi ! proclama-t-il alors que j'avais l'impression d'une leçon de morale.

Je lui fis un check et me cassai en me soumettant. Il n'y avait, probablement, plus aucun bonheur à espérer de lui… Il n'était plus que la trace d'une vie qui devait toujours se finir par une taloche. Sans doute, aurais-je pu l'envoyer chier. De toute façon, les gens qui passent dans ma vie ne sont au mieux que réceptacle à foutre cérébral… Quand ils ne me détruisent pas. Comme lui qui me fit replonger dans une souffrance inepte. Celle du docteur Égoir. Celle de Christelle, ma pote infirme qui sait vivre. Celle de la haine perpétuelle de moi…

Chapitre 34

Dimanche 1ᵉʳ septembre 2019

Je n'y arrive pas ! Ça fait deux mois que je n'ai rien écrit. Je n'y arrivais pas ! Je n'arrivais pas… Rien ne se passe alors je me relis, non sans pathos. Je me relis. Je relis ce tas d'immondices pleurnichardes et égocentriques. Juste histoire de me rendre compte de mon manque patent de talent ! De cette incapacité flagrante à me satisfaire !

Quelque chose d'insoutenable envahit cette matinée. Je pue l'inutilité… Encore un peu plus que les autres jours… Je transpire la loque. Je ne suis rien. Je ne vaux rien. Je ne postule même plus au statut de merde. Une merde, ça sent. Ça se ressent. Ça inonde tes narines. Ça envahit tes sens. Une merde, ça emmerde. Moi, je ne t'emmerde même plus. Moi, je ne suis qu'un bout de rien. Tout ce que je sais faire, c'est coûter. Je coûte à mon père. Coûte à ma mère. Coûte à la société. Te suce ton pognon. Coûter, c'est le seul moyen que j'ai trouvé pour me venger d'avoir un cul qui fait partie du même monde que toi, petite merde !

Aujourd'hui, je te traite de merde. Je te traite de merde parce que quand tu déprimes tout est fade, à part le bonheur des autres qui est chiant. Parce que, pour moi, tu pues ! Tu pues parce que tu es quelque chose. Tu pues parce que tu me fais prendre conscience de ma médiocrité abyssale. Parce que je ne suis rien… Toi, tu as au moins l'honneur de puer…

Après 2 minutes de réflexion

Et puis non, tu restes indispensable pour moi. Je crois qu'au fond de moi, j'ai besoin que tu me lises. J'ai besoin de toi, comme on a besoin de chiotte. Juste un réceptacle scatologique ! Je ne sais pas… J'affectionne finalement cette idée. Elle est probablement peu flatteuse, mais je l'aime bien.

Peut-être qu'après tout, je peux un peu t'aider. Peut-être… Peut-être que face à moi, tu te sens un peu moins pitoyable… Peut-être que tu as une vie de chiotte, mais, au moins, tu es une merde qui prend sa place… Du moins, comparé à moi… Ce n'est juste pas possible, tu ne peux pas être pire ! Tu ne peux même pas être mon semblable ! Ce n'est pas possible ! Et puis, non ! Je ne sais pas qui tu es. Je ne sais même pas si tu es. Si je le sais. Je suis seul ! Maintenant, je suis seul ! J'écris… Je n'écris juste pour personne. J'écris à des chiottes…

Chapitre 35

Jeudi 19 septembre 2019

Je désespère encore et toujours devant *camacam.fr*. Comme une obsession. Avec cette impression que même Lucie pouvait me satisfaire. Elle stagnait là, elle… Ce personnage un peu étrange et pathétiquement malaisant semblant désirer mon gourdin. Elle restait au fond de nulle part. D'un écran noir. C'était une voix. Qu'une voix androgyne. Une voix… Une voix seule ne donne jamais confiance. Une voix sans image. Une voix qui colle à ma bite ! Qui en veut à ma bite ! À mon sexe puant ! Me restait l'impression que ce personnage n'existait que pour abattre les restes de dignité du désespoir peuplant ce site. Qu'il veut juste une bite informe. Mais ma bite a aussi un petit égo. Et elle finit par apprécier ça. Ça lui fait juste du bien. Tout ce qui peut la remonter reste bon à prendre ! C'est pathétique, mais ça restera toujours un peu bon. J'aime un peu me faire sodomiser… Avec beaucoup de modération…

Mais je tombais aussi sur cette silhouette, quelque part, dans une ombre un peu moins opaque, impalpable. Derrière une chemise à carreaux. N'apparaissait qu'une forme que l'on distinguait à peine. Qu'un anonyme parmi les anonymes. Une forme tout juste humaine. Sans âge… Sans sexe aussi… Un peu comme Lucie. Tout juste un individu mystérieusement égaré dans un lieu insensé. Mais, cette fois, je choisis de parier sur le mystère. De m'engouffrer cette infime probabilité de bonheur. D'être celui qui ne rate rien. Alors je bondis sans conviction sur une conversation, a priori, dérisoire. Je redevenais cet éternel partouzard. Ni vraiment décidé ni réellement indécis. Juste un peu affamé !

Moi : Bonsoir

Il devient elle ! L'indéfini se transforme en bombe sexuelle aux ongles de tigresse bleus. Me laissant entrevoir la scandaleuse grâce d'une paire de jambes galbées dans des bas résille. Arrachant avec une délicieuse délicatesse son chemisier. Découvrant ces petits seins en forme de poire. Incarcéré dans mon désir, je ne pouvais rien faire d'autre que lui balancer l'indécence d'un vieux pervers à l'allure immonde. Comme si elle était faite pour ma queue ! Ma queue qui ne semblait pas l'importuner plus que ça. La tension était déjà à son apogée. Encastrée entre l'excitation et la peur. Comme si la turgescence d'une queue estropiée ne pouvait que se terrer dans l'angoisse de la découverte de son infirmité passée sous silence…

Elle : Wow sexy toi !

Moi : Gracieuse…

Elle : T'as quel âge ?

Elle : Tu joues tout nu ?

Moi : Oh oui !

Moi : Trop beau

Elle : Merci bébé…

Elle se met à jouer tendrement avec le charme de sa barbaque. À malaxer subtilement la courbe de ses appendices érogènes. Rapprochant ses mamelles comme pour y accueillir ma queue. Pour la faire bander un peu plus déraisonnablement ! Et puis, restait l'instant de réalité…

Elle : T'as quoi comme handicap bébé ?

Au fond, au bout du gland, se fourvoie toujours cet instant malaisant. Là où tu ne sais pas vraiment comment réagir de manière optimale… Tu ne sais pas quoi dire… Tu ne sais pas… Pris dans ton fantasme, tu sais que tu dois trouver une raison perdue. Tu dois recommencer à affronter une réalité que tu tentes de fuir par chacun des poils de tes bourses.

Moi : IMC

Je lance ce terme qui ne veut rien dire. Elle se rhabille et la discussion plonge dans le soporifique. Rien n'avait plus réellement d'intérêt. Nous ne voulions pas nous avouer que l'instant appartenait à la débâcle plus qu'à la débauche…

Moi : Tu aimes ?

Elle : Jolie bite

Elle : Tu es puceau ou pas ?

Moi : non

Elle : Âge ?

Elle : Tu as joui ?

Moi : Mais ça fait très longtemps

Moi : 40 et toi

Elle : 21

Chapitre 36

Vendredi 27 septembre 2019

Ça devait se passer quelque part, au fond d'un bar impersonnel. Sans réelle âme. Juste un de ces lieux un peu insipides. Un de ceux que tu ne peux ni réellement aimer ni réellement détester… Rien d'autre que les gens qui y traînaient ne pouvaient avoir une quelconque saveur. Nous étions là, à côté de ce billard, dans un état impeccable. C'était juste un de ces endroits qui n'allaient pas avec mon humeur. Qui n'allait pas avec ma vie ! Qui n'allait pas avec ce temps un peu fou. Celui des fabuleuses perversions ! Ce temps où mon gourdin explosait ! Ce temps où mon asperge allait s'effondrer subitement. Je recroisais mon cousin éloigné à qui j'avais parlé de mes déraisons un peu obscènes. De mes amours à la con avec ces jeunes pétasses. De mon envie d'envoyer du foutre dans tout ce qui bouge ! De fracasser mes frustrations ! Je n'avais pas réellement envie de lui parler. Je n'avais pas réellement le désir de l'entendre. Je sentais juste que ça pouvait potentiellement foirer grave. Mais lui, il ne pouvait pas se retenir. Il fallait qu'il me parle… Il le fallait… Là, au milieu de sa bande à lui…

— Salut

— Salut

— Ça va mieux ? dit-il sur un ton un tantinet agressif.

— Quoi, pourquoi ?

— Tu avais un problème ? Je le ressentais devenir hautain.

— Bah, je fais avec…¨

— Mais merde, fais quelque chose, prends du lithium, dit-il alors que je m'effondrais avec mes rêves.

— Du lithium ?

— Oui, pour tes phases maniaques, avant tu étais comme moi, merde !

Je poursuis mon existence de con. Je vis et revis ce charabia castrateur. Je le ressasse dans cette tronche pathologiquement pathétique. Je me retrouvais face à Égoir encore et encore. Comme s'il constituait un arrêt brutal à mon envie de vivre ! À mon envie d'être ! D'être aimé ! D'aimer ! D'être heureux ! De vivre avec ma queue ! Juste d'être heureux, peut-être… Le bonheur devenait une pathologie. Comme s'il devait être médicalisé. Traiter avec des pilules. Voilà la dernière minute que j'ai passée en tant que mec heureux.

Arrivé chez moi, je larvais juste là. Face à moi. Face à ce Moi détruit. Face à ce Moi éjecté de lui-même. Vague zombie ne sachant plus où aller. Prêt à le massacrer pour que ça s'arrête ! Prêt à tout pour que ça s'arrête, j'étais décapité, mais je refusais de capituler. La seule rationalité qu'il me restait m'imposait de fracasser cette relation avec lui ! La noyer ! La buter. La réduire à néant ! Je voulais juste qu'il ne m'aime plus ! Qu'il ne me parle plus ! Qu'il ne soit plus de mon monde. Qu'il ne soit qu'une immondice jonchant mon passé. Alors, en rentrant, je me mis derrière mon clavier pour balancer quelques insanités.

Moi : Très cher, je t'emmerde…

Quelques heures plus tard

Lui : Tu as fini de vomir ? Ça va mieux ?
Moi : Je vais très bien et je t'emmerde toujours ?
Lui : T'es pas un peu pitoyable ?
Moi : Le fait que tu ne me trouves pas du tout, un peu, ou vachement pitoyable, c'est un peu ton problème et je ne vois pas très bien en quoi ça me concerne…
Lui : Bon OK, tu pousses un peu. Je t'apprécie beaucoup, mais là, tu pousses un peu…
Moi : Enfin… Merci ! Ciao et bonne route…
Moi : PS. Moi aussi, je t'ai apprécié.

Finalement, la même rengaine tourne en boucle dans ma cage cérébrale. Je finis toujours par haïr les gens qui m'entourent. Je ne leur veux pas de mal. Ce n'est pas parce que j'ai envie de les massacrer que je n'espère pas qu'ils soient le plus heureux possible. J'ai juste besoin d'exterminer le lien qui me rattache à eux ! Juste besoin d'expulser la douleur qui me rattache à eux. Autant leur amour n'est que mal-être. Haine de soi. Impression de ne pas trouver sa place. Autant leur haine me laisse froid. Cynique. Renforcé dans mon putain d'égo à la con. C'est absurde et pitoyable, mais je n'y peux rien, je suis ainsi. Et l'amitié. L'amitié, c'est peut-être tout ce que l'on a inventé de pire que l'amour. Il en émane la même puanteur sans la probabilité d'une baise.

Reste l'épilogue de cette histoire, celle d'une soirée dans un festival de métal plongeant dans une ivresse un peu déraisonnable. Je crois qu'il désirait me revoir. Moi vraiment pas ! J'avais juste besoin qu'il n'interagisse plus avec mon monde ! Et puis, il y eut le hasard qui se ligua contre lui. Une larme du peuple de la nuit commença à l'insulter pour une vague histoire de cul qui avait mal tourné. Et moi… Et moi, comme un abruti, je sentais l'odeur du sang ! Je me mis à hurler avec la meute. C'était plus fort que moi. Son amitié avait voulu me soumettre. Ma haine anéantirait ce lien.

C'est absurdement crétin, en temps normal, je sais que la froideur suffit à éliminer un lien sans une souffrance excessive. Mais là, j'avais besoin de plus. Il y avait quelque chose en moi d'horriblement turpide. D'indécemment vile. J'avais besoin de me venger ! De saccager son bonheur comme il avait saccagé le mien ! D'être un gros con ! De l'écraser sous ma puanteur comme il avait voulu me soumettre à la sienne. Par chance, dans une relation, je suis toujours celui qui schlingue le plus. Alors je me mis à hurler avec la meute. À le traiter de « pauvre con » ! À le hurler !

Un mois après, son père devait perdre la vie sur une route de montagne. Un virage qui a mal tourné ou un besoin de ne pas exister. On ne saura jamais réellement s'il n'avait plus voulu de la vie ou si c'était la vie qui n'avait plus voulu de lui. On ne saura jamais quel impact eut la dépression de son fils… On ne sait pas… On ne saura, sans doute, jamais, mais, au fond de moi, il y a quelque chose qui se demandera toujours si sa mort ne repose pas un peu sur ma médiocrité… Je n'en sais rien… Peut-être aurais-je dû me flinguer à sa place… Si j'avais eu la capacité de me flinguer sans encombre, ma vie aurait certainement été plus courte et plus simple…

Chapitre 37

Samedi 26 octobre 2019

Aujourd'hui, ce fut sur Greg que j'avais envie de déverser ma haine. Il y en avait trop pour moi, je devais la partager. Aujourd'hui, la bienveillance commençait à m'exaspérer. Je n'y arrivais plus… Et puis, je ne peux pas tout te donner à toi. Tu ne devrais pas faire ton jaloux, petit con ! La haine, j'en aurais toujours assez pour toi. Toi et ton voyeurisme dégueulasse ! Toi qui as assez de temps à perdre pour ingurgiter l'inutile vacuité de ces mots…

De toute façon, on s'en fout… La haine… L'amour… Je ne sais même pas si la différence a réellement du sens. Tant que ça ne tend pas vers l'indifférence. Je ne sais même pas si j'espérais de la haine ou de l'amour avec Greg. Je ne sais pas… Sa personne m'inspire autant d'affection que ses idées m'inspirent de répulsion. Il est comme ça, Greg. Il ne me laisse pas vraiment désinvolte. Une de ces intelligences brillamment déraisonnables. Sans doute, vivait-il avec le désintérêt de la réalité. Ou peut-être que c'est plutôt avec la haine de la réalité. Avec l'envie de lui ratatiner la croupe ! De lui tordre le cou ! De l'arracher à son non-sens… Peut-être… peut-être que cette pétasse l'avait trahi comme elle m'a trahi… peut-être… de toute façon, la réalité restera toujours une sale pute !

Nos illusions devaient nous avoir liés. Nos illusions s'étaient écrasées sans doute contre un mur de statistiques inutiles. Ça peut être dangereux ce genre de choses. Ça mitraille illusion après illusion ! Même si ça rend souvent la vie plus soutenable quand on est dans la merde. Au lieu de la renifler, on la quantifie. On l'évalue. On la remplace par des indicateurs. C'est pratique pour notre santé nasale. Et puis, les chiffres sont plutôt sympas, ils sont incapables de te traiter de con !

C'est ainsi, un jour, on avait morflé. Alors, un jour, on avait décidé de haïr. Finalement, seul l'objet de notre haine nous différenciait. Il avait décidé de haïr le réel quand j'avais juste décidé de me haïr moi-même. Je suis, sans doute, juste trop con pour orienter ma haine de façon constructive. Alors je pris mon clavier et envoyais une petite pique à Greg…

Moi : Ça va ? Tu fais toujours pas dans l'écologie, à ce qu'il paraît… ça m'attriste un peu, je t'avoue…

Lui : Oh, vous les écolos, toujours à nous dire de sauver la planète, comme si on pouvait faire quelque chose de si grand.

Moi : C'est clair, ça reste plus facile de fermer les yeux et de dire que c'est impossible…

Lui : Mais tu sais bien que le changement climatique, c'est une absurdité, un peu comme la fontaine de Duchamp.

Moi : La montée des températures, les incendies de forêt, les tempêtes plus violentes, ça fait partie de l'illusion ?

Lui : Et puis même si c'était vrai, est-ce que tu crois vraiment qu'on peut changer quoi que ce soit ? On est qu'une petite goutte d'eau dans un océan de problèmes.

Moi : Ouais, mais si toutes les gouttes d'eau se rassemblaient, on pourrait créer un raz-de-marée plutôt cool. Et puis, on n'a pas besoin de sauver la planète tout seul, il y a 7 milliards d'autres connards.

Lui : Mais tu sais bien que ça ne marchera jamais, surtout pour un problème fictif…

Moi : Ah ouais, parce que changer ses habitudes, c'est tellement plus facile que de changer le monde, pas vrai ? Perso, je sais que je suis qu'un blaireau impuissant, j'essaie juste de ne pas me voiler la face sur la réalité… J'essaie… Tout en polluant. Je suis qu'un faux-cul parmi tant d'autres…

Après un instant de réflexion

Quelque part dans un autre monde. J'aurais peut-être pu m'intéresser à l'écologie… Peut-être… J'aurais peut-être aimé faire du militantisme trash. Je crois que quelque chose en moi aurait eu envie de castagner du bourge en 4x4 en repensant aux vers de Microco sur la nature…

L'homme n'est que pourriture !
Mais la bonne nature
Donne sa nourriture,
Lui offre sa biture !

Et lui, il l'assassine.
C'est pas de sa faute à lui
Si elle est l'origine
De ce con abruti.

Comment je suis devenu un gros con

Elle avait qu'à pas baiser avec Dieu !
Connasse !

J'aurais peut-être pu, mais, au fond de moi, je crois que j'affectionne tellement l'hypocrisie. Probablement une des seules choses que l'humanité m'ait laissées. Son essence, peut-être… Elle est probablement incapable de vivre autrement sans s'entretuer. Sans elle, il n'y aurait que la castagne. Sombre histoire scatologique que l'on balancerait à la face de l'autre sans ménagement. C'est pathétique, ça devrait être notre plus grande vertu et on ne s'en rend pas compte… On est peut-être juste trop con pour ça… Peut-être… Peut-être, je n'en sais trop rien… Trop con pour voir sa douceur. Pour faire l'éloge de son goût suave. Pour se prosterner devant sa bienveillance…

Après quelques minutes de réflexion

C'est aberrant, on ne peut pas apprécier la castagne et l'hypocrisie en même temps. On ne peut juste pas…
Et puis merde, je ne suis pas à une contradiction près… Je n'y peux rien, quand ma raison voudrait un monde plongeant dans la douceur des mensonges réconfortants. Ma déraison vit avec le besoin obsessionnel de sodomiser la bienséance. D'enfiler du foutre partout où elle le peut. De médire. De piétiner pour ne pas être piétiné. Pour ne pas être apprécié. Je suis juste humain ! Un connard de plus pris dans la dissonance cognitive. Seul reste ma rationalité éprise de cette douceur. De l'impression que l'on ne peut pas vivre sans une tendresse qui se joue de la réalité. Qui se joue de nos pulsions médisantes. De notre brutalité naturelle. Peut-être

celle qui nous sépare de notre cruauté enfantine… Je n'en sais trop rien…

Chapitre 38

Samedi 16 novembre 2019

Ce soir, je rentrais dans ce bar, quelque part, au fond de nulle part. Au *Rock for ever*. Un de ces lieux de perdition parsemant la ville. J'y ai mes habitudes. J'y entrai après avoir gravi ce petit monticule de pavés. Je rentrais en moi. Dans cette vie pervertie. L'humeur y était à la débauche raisonnée. En son antre, il y perdure quelque chose de la fête d'étudiants plus ou moins attardés. L'alcool joyeux y coule jusqu'à l'optimum. Nettement assez pour trucider l'inhibition sans sombrer dans un glauque gerbant. Les culs s'y trémoussent régulièrement sur le bar. Tout y était fait pour attirer la vieille loque que je suis. La loque qui finit toujours par y pénétrer. Ce soir, j'y pénétrai et tombai sur elle. Ou plutôt c'est elle qui tomba sur moi. C'était ainsi, moi je ne voulais pas vraiment la voir. Il faut dire que je ne voulais voir personne. Elle, c'était Manon. Une belle jeune femme. Grande aux cheveux éternellement violets que le temps ne semblait pas atteindre. Entre nous, un lien complexe était fait pour mener à nulle part… Pour s'écraser…

— Salut, dit-elle en souriant.

— Salut

— Ça va ?

— Ça va mieux... Comme pour essayer de lui laisser un arrière-goût positif.

— C'est cool de se retrouver

On s'était rencontré au Bar du Chaos. Vague cage à toxicomanes agglutinant les malêtres, parsemés de quelques bourges recherchant un simulacre de débauche. Trou noir avec ses règles. Avec sa vie, et surtout, son désespoir... Un de ces lieux qui mènent à ne plus faire réellement partie de la vie courante l'espace d'un instant. En dehors, là où on ne le voyait pas. Là où la fadeur sociale ne l'atteignait pas. J'y traînais mon anus croulant juste parce que je partageais, avec lui, la haine du monde extérieur.

Elle, elle flirtait avec ses 20 ans et faisait des études en sociologie. J'avais déjà déprimé lors de 27 printemps. Je tenais déjà du vieux con. De toute façon, je crois que je suis né vieux con. Je suis né comme de la pourriture. De la pourriture sexuelle. Comme un truc inapte ! Profondément inapte à jouir et à faire jouir ! Peut-être... Peut-être, je ne sais pas... Encore que je ne me vois pas mal doigter. Lécher. Pénétrer. Fourrer ma vieille queue. Elle n'est peut-être pas aussi minable que ça ma queue... Mais le reste. Mais le reste... Le reste, c'est juste la terreur... L'idée qu'à chaque instant d'une relation, tu puisses foirer... Tu puisses tout faire foirer... Tu puisses étouffer l'autre... Être étouffé. Peut-être que l'affect ne peut que détruire, après tout... Au final, je crois que l'affect, c'est le mal... C'est mon mal à moi... Mon mal que j'essayais pitoyablement d'affronter...

— Tu veux boire un truc ?

— Oui

— Une bière ?

— Une Chope, me balança-t-elle.

— Tu as toujours aimé les grosses toi !

Elle sourit. J'en profite pour commander. Il fallait juste que je dise stop ! Que je me dise stop ! Comme un besoin pulsionnel de m'échapper d'elle ! De cette conversation. D'éternellement m'échapper. De m'échapper de cette cage à émotions. De me retrouver quelque part au fond de moi-même. Au fond de ma raison. C'est ainsi, j'en ai besoin ! Je dois juste me raccrocher perpétuellement à moi-même à travers elle. Ma raison… Ma raison, c'est moi-même ! Enfin, c'est tout ce qu'il y a de potable en moi. C'est tout ce qu'il reste de potable en moi. Le reste, c'est Bagdad. Ce n'est que Bagdad. En ressort peut-être ma teub… Peut-être. Finalement, sans elle, mon corps n'aurait juste aucune raison d'être…

— Merci

— C'est rien…

— Tu sais que tu m'as fait mal, toi

— J'imagine, mais…

— J'étais amoureuse de toi, mais tu m'as toujours repoussée…

Son agressivité me touche. Elle me redonne confiance en moi ! Elle fait perdurer cette éternelle madeleine de Proust. Ça au moins je peux le gérer ! Alors je lui dis qu'il n'est jamais trop tard et tente de l'embrasser. Et elle, elle me rejette violemment. Et hurle dans une longue tirade solitaire :

— Non, mais tu fais quoi ? Il se passe quoi dans ta tête ? Tu crois qu'il suffit de me payer une bière pour me baiser ? Tu es comme les autres !

Étrange comme ces mots sentent le réconfort. Thaumaturges et enivrants… Ils disaient que, ce soir, j'avais fait tout ce qu'il y avait à faire. Que je ne pouvais pas faire plus pour planter mon dard. Qu'à ses yeux, je devenais le crétin qui hante mes tréfonds ! Elle jouait avec cette douceur apaisante qui parfumait sa colère, quelque part entre haine et amour… Là où les sentiments ne détruisent pas. Seuls, les sentiments conjugués au passé rassurent, peut-être… Ils m'enveloppent d'amour. Ils sont indestructibles ! Inaltérables ! Ils ne font pas plonger dans l'angoisse. C'est ainsi, avec elle, je crois que je n'ai jamais réellement su. Tout ce que je sais, c'est que j'y ai cru…

Chapitre 39

Jeudi 21 novembre 2019

Finalement, dans la vie, on ne fait que répéter des modèles. Parfois en un peu mieux… Parfois. Souvent en vraiment pire ! On ne fait qu'agir par mimétisme ! Qu'empiler des imitations scabreuses de trucs foireux sur d'autres inepties ! On perdure ce pantin à la solde d'un inconscient qui ne nous appartient jamais réellement. Comme tous les idiots de la terre, j'ai laissé ma mère trifouiller la mienne. Je répète perpétuellement un peu de ce qu'elle est à ma sauce. En y ajoutant quelques molécules de merde. Juste histoire de puer suffisamment pour ne pas passer inaperçu.

Son temps, à elle, s'éparpille au cœur du troisième âge. Il appartient à ces années où l'on n'est plus réellement dans le monde actif, mais pas encore vraiment vieux. Quelque part au début des soixante-dix… Ce temps où l'on cherche à s'incruster quelque part. À s'implanter dans la terre. À se trouver un espace pour laisser couler ses derniers jours sans avoir à se faire du mouron pour sa place. Pour pouvoir laisser couler une vie qui s'écoulera de toute façon. Juste pour pouvoir le faire avec la paix nécessaire.

Son unique problème reste sa définition de la paix. Pour elle, il en allait de l'idée d'un monde sans intrus poussé à son paroxysme. D'une bulle de vide ! D'un cocon désertique ! D'un hectare à elle ! Pour elle ! Pour elle seule ! Comme si le peuple venait toujours à l'agresser. À lui prendre un peu d'elle-même ! À la maltraiter ! À la martyriser ! Il faut dire que son enfance a, très certainement, laissé les traces d'une famille flirtant avec le dysfonctionnel. Avec ses personnalités contraintes à s'agglutiner alors que leurs contours ne s'encastraient pas les unes dans les autres. Certes, l'époque voulait ça. Certes, des millions de gens confrontés à la même réalité n'en firent point de cas. Mais l'idée percuta sa sensibilité, sans doute, un jour d'enfance. Elle n'y peut rien.

Elle n'y peut rien comme je ne peux pas grand-chose à la phobie irrationnelle de mon entourage. Probablement due à un mélange de gènes défaillants, de surprotection familiale et à ce corps qui devait être rafistolé. Redressé. Remodelé. Massé. Malaxé. Ce corps qui ne m'appartenait plus. Je n'arrive même pas à me persuader que je me sois déjà appartenu. Alors aujourd'hui, toute relation finit toujours par me donner la sensation de voler mon être. De me dépouiller de quelque chose de fondamental ! D'essentiel ! De me prendre mon oxygène ! D'assassiner ma liberté ! Mon espace m'est aussi indispensable qu'à ma mère. J'ai juste une autre définition de l'espace. Pour moi, il ne joue pas sur le terrain physique. Pour moi, il est juste relationnel. Il implique juste l'absence d'amour…

Chapitre 40

Samedi 14 décembre 2019

Hier soir, je me fourvoyais toujours au même endroit. Dans le même bar. Dans la même cage à connards. Vagues fêtards goguenards... Je me retrouvai encore face à elle. Face à Manon ! Elle trémoussait son fion sur le dancefloor. Je la matais au fond de nulle part. De là où elle ne pouvait pas me voir. Je la matais avec cette obscure angoisse lubrique. Ma queue n'était qu'angoisse ! Ma queue ne pouvait être qu'angoisse ! À ce moment, je ne savais plus si c'était sa violence ou son amour qui me terrorisait. Ma tronche avait l'impression d'être à Damas. Quelque part, écartelée entre les multiples factions d'une même folie. Celle de détruire ! De tout détruire ! De me détruire ! De détruire l'autre ! D'employer mes armes de destruction massive contre le chaos d'une relation. Contre l'abjection de l'amour.

Reste que je désespérais là, seul, perdu entre l'ivresse de la voix de Robert Plant, la subtilité de John Paul Jones, la sauvagerie chirurgicale de John Bonham, la démence du génie de Jimmy Page et le déhanché hypnotique de Manon. Tous mes sens étaient agressés par la grâce en même temps ! Juste un de ces temps où tu regrettes de t'être extirpé de la barbaque de ta mère sans plus d'encombres… Ce moment où tu te dis que tu n'as pas réellement des réactions humaines. Elles n'appartiennent même pas à une pulsion animale, ces salopes ! Elles m'engloutissent dans l'inapproprié. Un truc qui n'est pas fait pour se reproduire ! Un peu comme le talent de Page…

Quelque chose, au fond de moi, se convainquait inexorablement que l'affect jouait éternellement avec le mal. Après tout, on tue toujours par amour… On tue par amour des siens. Par amour du sexe ! De la barbaque ! Par amour du pognon ! D'une femme ! Par amour d'une famille ! D'une bande ! D'une patrie ! D'un peuple ! Savoir tuer, c'est peut-être juste savoir aimer… J'aime à penser que je suis peut-être juste trop pacifique pour aimer. De temps à autre, je me dis que je suis peut-être passé à côté de quelque chose avec Manon. Elle, elle savait probablement jouer avec la violence pour deux, peut-être… Elle, elle savait peut-être aimer pour deux… Peut-être…

Elle qui se retrouvait face à un moi qui avait décidé de conquérir son champ de bataille. Son fardeau existentiel. Ce que je n'étais pas. Ce que je ne suis toujours pas. Ce que je ne serais, sans doute, jamais. Elle, elle était là, quelque part, dans le néant d'un vacarme des riffs de guitare hurlant et je choisis d'aller m'y engloutir.

— Salut !

— Salut !

— Excuse pour la dernière fois, me dit-elle.

— Quoi, comment ?

— Je ne regrette rien, mais j'aurais dû te le dire autrement…

Elle prit mes lèvres et m'embrassa. Elle voulait danser. Elle voulait que je danse… Elle voulait… Elle le voulait… Et moi, je me haïssais comme je me suis toujours haï. Je n'étais plus que le pantin désarticulé d'une affection mal placée. Rien d'autre que le vomi d'un amour chaotique. Alors je me cassais vers un peu plus de haine de moi. Il n'y a pas de drogue plus puissante que la probabilité de baiser… À moins que le besoin de se détruire surpasse tout. Alors je sortis et tombai sur ce mec voulant pénétrer dans la boîte.

— Qu'est-ce qu'il fout encore ici ? Il est partout… Pourquoi on le laisse entrer ? lança-t-il en me regardant.

— En fait, j'ai pas l'air, mais je suis vraiment un gros con. Les gens ont juste pitié et il me laisse rentrer… lui rétorquais-je.

Il paya son dû et entra sans rien dire

— Quelle répartie, Léon ! me dit le videur.

— L'alcool, ça aide… Et puis, je suis habitué, j'ai juste de l'entraînement…

— Ça t'arrive souvent ?

— Bah, en fait, quand tu es infirme, les gens, c'est toujours une surprise… Tu sais jamais sur quoi tu vas tomber, un peu comme la coke que t'achètes à un black.

— Mais lui, c'était vraiment un connard…

— À voir, le connard n'est pas une espèce en voie d'extinction

— Vraiment pas !

— Mais y a aussi des gens cool…

— Tu trouves ?

— Bah, t'es pas con toi…

C'est avec ce flot d'émotions contradictoires que je me cassais en Uber.

Chapitre 41

Mercredi 26 février 2020

Un regard... Une intention... Une photo... Le test de lecture de l'état d'esprit dans les yeux proposé par Simon Baron-Cohen. L'idée que notre sensibilité puisse être quantifiée. Évaluée. Mathématisée. Peut-être que l'on peut objectiver le sensible, après tout... Peut-être. Déféquer une mesure pertinente. Dégobiller autre chose qu'un pet d'incohérences. Reste que les recherches sembleraient aboutir quelque part. Au fond d'un embryon de sens. D'une crotte de réflexion scientifique. La perception des émotions dans les yeux serait corrélée à une forme d'aptitude sociale.

Alors je m'y suis collé. Je n'y peux rien, j'ai besoin de me connaître un peu si je veux pouvoir me haïr avec raison. M'encastrer dans mon propre dégoût avec mesure. C'est ainsi que je me retrouvais là, face à ces regards défilant sur mon écran, à me demander ce qu'ils cachaient. À me demander. À me triturer la caboche. À me mettre minable ! Mais rien n'y fit. Je ne faisais que m'ensevelir dans ces yeux opaques. Je ne sais pas lire la joie. La tristesse. Le désir. Le dégoût. Je ne peux que flirter avec mon incapacité sociale crasse ! Me fourvoyer dans l'océan de mes maladresses ! Me vautrer dans ces handicaps qui s'accumulent ! Infirme ! Dyslexique ! Dépressif ! Suicidaire ! Et maintenant... Et maintenant, inapte socialement. Ça commence à faire beaucoup pour une seule tronche... de con ! Eh oui, je serais autiste. Juste un putain d'autiste. Un mec qui ne cesse de s'écraser contre des relations humaines qui ne sont pas faites pour lui. De toute façon, rien n'est fait pour lui. C'est lui qui n'est pas fait pour exister.

Je ne fais que vivre dans ce monde impalpable que je ne supporte plus. Comme si j'étais éternellement condamné à remonter sur ce ring de boxe alors que je me bats comme une pisseuse. Comme si l'on m'obligeait à cogner dans le vide parce que je n'étais pas capable d'évaluer l'humain que j'avais en face. Comme si l'idée d'une empathie m'était étrangère. Comme si je n'avais pas d'autre choix que de tirer sur des chimères... Comme si le poker ne pouvait pas être pour moi. Comme si je n'avais pas les codes pour faire autrement. Je ne sais pas. Peut-être suis-je juste génétiquement inapte à vivre avec les autres... À exister en société... je ne sais rien... bordel de pute !

Après une petite heure de réflexion

Au fond, je ne sais trop rien. Je dois juste vivre avec cette nouvelle réalité. Je suis pitoyable ! Ma vie est pitoyable ! Mes rapports aux autres sont pitoyables ! C'est ainsi, je suis ainsi et je n'y peux rien. Certains puent des pattes. Moi, je schlingue de la caboche. C'est inscrit dans ma barbaque. Je ne sais même pas si je suis réellement autiste. Je n'en sais trop rien... Je me demande même si les troubles mentaux ont réellement un sens. Finalement, ce n'est qu'une histoire de normes. De limites factices. C'est qu'une catégorie que l'on a désignée comme telle. La seule chose dont je sois persuadé, c'est que ma bouillie cérébrale ne supporte plus ce qu'elle est…

Chapitre 42

Samedi 29 février 2020

Las, face à ma merde ! Face à cette douloureuse gueule de con. La mienne ! Face à ce monde qui s'engouffre dans l'incertitude. Dans une peur presque aussi irrationnelle que ma peur des autres… Hier, je traînais quelque part dans le métro. Rampant sous terre. Dans une nuit pathétique de plus. Une femme d'une trentaine d'années habillée en punkette était là. Jeans troué. Un pull rose pétant que recouvre une veste kaki avec inscrit « Fuck Humanity ! ». Je ne sais pas si c'était une junky. Même si ce n'était pas improbable, j'ai des doutes… Je vis dans le doute ! Reste qu'elle éjectait ses poumons fracassés. Et moi, je l'épiais honteusement médusé pris par l'impression qu'elle distribuait une mort vagabonde. J'étais pris par l'impression aberrante que l'Empire du Milieu venait nous trucider à travers elle.

Je vis avec la peur, même si je sais que ma peur s'enfonce dans l'irrationalité. Je sais que le coronavirus ne s'étend pas à Lausanne. Je sais… Je sais qu'aucun cas ne nous a encore touchés. Qu'il s'éparpille à quelques centaines de kilomètres ! Il n'est probablement que cette probabilité infime matraquée par une presse obsédée par l'ivresse d'un danger factice. Du cul et des macchabées, c'est ce que l'on veut ! De toute façon, Éros et Thanatos, c'est ce qui fait tourner le monde. On consomme du média pour s'imaginer baiser et crever ! À la fin, tout ce qui reste, c'est notre progéniture et notre cadavre.

Je ne sais pas… Je n'en sais rien… J'ai presque un peu honte de ma réaction. Au fond, je ne peux pas croire qu'il soit plus probable qu'une punk à chien soit touchée par un obscur microbe chimérique plutôt qu'égratignée par la chimie des paradis artificiels. Que l'on risquerait réellement quelque chose. Je reste là, avec l'impression d'être gangréné par une information nous contaminant. Par une virtualité aberrante ! Comme si je pouvais crever d'un virus télévisuel…

Après ça, je me contentais de passer de bar en bar. De solitude en solitude. D'ivresse en ivresse. Comme un essai désespéré pour oublier que je restais avec ma nouvelle défaillance… La salope ! Juste pour oublier que je ne savais pas gérer les autres… Que je n'étais pas bon, peut-être… Peut-être… Que se retrancher derrière des excuses factices était dérisoire ! Même pas de quoi en triturer une moule. Je suis juste inapte ! Génétiquement inapte ! Grotesquement inadapté à la vie sociale ! À la vie tout court, probablement… je n'en sais trop rien…

J'en ai marre de ne pas savoir… De ne pas comprendre l'autre. Je ne veux pas savoir que je ne comprends pas. C'est juste une raison de plus pour ne pas aller vers l'autre. Prétexte pour rester avec moi-même. Seul à enchaîner pathétiquement les problèmes d'échecs, derrière le bar. Comme pour hurler : « cassez-vous ! » C'était ainsi, je jouais seul parce que je n'avais juste pas la force de jouer avec les autres. Je n'avais pas la force de me prouver à moi-même que je ne savais pas jouer avec les autres. Que j'étais juste fait pour une solitude inféconde ! Et puis…

Et puis, reste l'ivresse. On espère toujours qu'elle nous plongera dans l'oubli comme une pute sait le faire. Et, au bout du compte, les poivrots finissent éternellement par ergoter sur la chose :

— Ce soir, je me suis bourré la gueule pour oublier, mais ça marche pas ! lançais-je à cet intello à la dérive naviguant constamment entre narcissisme infécond et subtil besoin de se perdre dans une ivresse salvatrice.

— Ça marche jamais ce genre de choses ! répondit mon pote de bar d'un ton péremptoire.

— Alors pourquoi on boit ?

— Probablement, parce que l'on espère oublier… Mais, au final, je crois qu'on est juste débile !

— Au moins, je suis pas le seul con ici !

— Eh non !

— Santé alors !

— Santé !

Moi, je me barrais. Cette unique interaction sociale de la soirée était déjà de trop…

Chapitre 43

Mardi 10 mars 2020

Le coronavirus avance. 514 cas en Suisse. Trois cadavres. Des peccadilles qui ne veulent rien dire. Elles tombent dans le flasque ! Une anecdote parmi les anecdotes ! Un risque qui confine au non-sens ! Et puis, il y a le non-sens de l'instant et l'angoissante profondeur de la durée. Ces chiffres qui doublent tous les trois jours. Qui décuplent toutes les quinzaines. Ils sont l'idée d'un centuple mensuel. D'une menstruation écornant la santé d'un peuple qui ne pense plus véritablement avec cohérence… Notre caboche demeure incapable de cerner l'improbable. On n'est juste pas éduqué pour ça. Notre cage cérébrale reste hermétique à l'adaptation. On ne peut pas comprendre intuitivement une exponentielle. Compter sur notre rationalité est absurde !

Et après ? Après je n'en sais rien. Tout ce que je sais, c'est que, a priori, même si j'en crève d'envie, je n'en crèverai pas réellement. Un quarantenaire a une chance sur 500 de clapser… Inutile, égoïste et débile ! Je ne peux même pas compter sur ça. Je ne peux même pas décemment me flinguer avec ! Même si aujourd'hui je désire vraiment ne plus être qu'inexistence. Même si la mort m'attire chaque jour un peu plus. Je n'y peux rien… Penser en crever n'est qu'absurdité ! Le Darwin Awards du suicide ! Tout ce que je puisse faire, c'est propager un virus qui éclatera la vie de quelqu'un d'autre. Juste un truc de lâche qui veut se rater en trucidant un monde innocent. Un truc infâme… Peut-être… Peut-être…

Chapitre 44

Mardi 17 mars 2020

On rentre dans l'Histoire. Le confinement a violé une Europe, a priori, inatteignable. Intouchable. Tellement intouchable que l'on est devenu réellement intouchable. De vrais intouchables ! Comme en Inde. Des gens qui ne se touchent plus. Qui ne sont plus aptes à être effleurés. Qui ne se voient même plus. On est passé dans un autre monde… Pour la première fois de ma vie, je frôle cette impression d'être englouti dans quelque chose qui a de l'importance. D'être un pion de l'Histoire ! De cette histoire qui perd les individus dans l'ennui. Dans ce monde qui n'avance pas ! Ce monde qui me ressemble, finalement… Il larve presque autant que moi. Je me sens enfin en faire partie.

Je me retrouve face à cet écran impersonnel. Essayant de comprendre ces chiffres inconsistants. Comme si la réalité pouvait sortir d'une courbe… Comme si l'on pouvait appréhender la détresse humaine à travers un tableur Excel… Comme si nos bien-êtres étaient faits pour se faire mathématiser… Comme si… Je suis là, derrière mon ensemble de pixels à me demander ce que je branle. Comme si les nombres assassinaient la souffrance.

Et puis, j'ai envie de parler à Greg, mon pote climatosceptique de service. Il a des théories prises dans le non-sens, mais il sait raisonner. Je dois partager avec lui cette même obsession pour ces chiffres aberrants. L'idée d'un monde à la solde d'une logique statistique. Même si l'originalité de ses interprétations me laisse avec un arrière-goût de perplexité nauséabonde. Comme si l'on pouvait se contenter de déféquer allègrement sur ce qu'il reste de consensus scientifique…

Mais l'histoire ne s'arrête jamais là ! L'histoire est toujours plus complexe. J'ai l'impression que le coronavirus nous rapproche. Mon pote, il sait pervertir les chiffres comme un curé encastré dans ses frustrations pervertit l'innocence d'un enfant. Avec ce mélange d'idiotie maligne et d'égoïsme infécond. Avec cette idée que le monde tourne autour de soi. Que la réalité doit être asservie à ses envies ! À ses pulsions ! Je reste juste fasciné par son égocentrisme. Par sa capacité à ramener les faits à ses désirs…

Chapitre 45

Lundi 15 juin 2020

Il n'y a désespérément rien pour rompre la platitude de l'instant. Rien ne me motive à gerber des mots alors je repense à cette soirée au *Rock for ever*, à Manon. Je repense encore et encore à notre première nuit d'ivresse ensemble. Quelque part, dans un passé qui s'est éloigné trop vite. Ça fait bientôt 15 piges que nos lèvres s'étaient timidement effleurées. Je repense encore au bien-être que cela m'avait procuré. Le taxi s'arrêta devant la bicoque que nous avions squattée l'espace d'une beuverie. Parfois, je repense à cet instant… À la vie, assise à l'arrière… Et à moi qui choisis la place du mort. Là où elle n'était pas ! Là où ses lèvres n'étaient pas ! Là où sa chatte n'était pas ! Là où j'étais bercé par une solitude protectrice. Seul avec mes fantasmes ! Avec mon désir ! Passer à l'avant revenait juste à rejeter, une première fois, son amour. À piétiner la vie, une fois encore…

Cette vie qui se compose, sans doute, de ces instants où le hasard joue avec toi. Tu es là, tu tentes d'optimiser la probabilité de bonheur même si tu en es incapable. Tu essaies de faire au moins pire. La fatalité m'avait cloîtré dans un dialogue inepte avec ma biroute et intolérable avec mon cœur. Alors je m'étais enfoncé chez le meilleur psy de Lausanne. Certaines personnes tendent peut-être à être moins insensées que la moyenne. Il m'avait accepté ! M'avait entendu ! Avait le talent de cerner mes désirs. Mes fantasmes. Il savait les écouter, lui ! C'était probablement un des rares à être capable de les intégrer. Il était peut-être un peu comme Manon, il savait juste me comprendre.

Et puis, les soirées s'enchaînaient... Quelque part entre cannabis et alcool... La défonce était la seule réponse possible à l'anxiété de mes viscères. Même si elle était meilleure que moi en défonce, Manon... Meilleure que moi en tout... Juste meilleure...

Sournoisement, la jeune femme devenait mon angoisse. Ma terreur ! C'est éternellement ainsi. Toute trace d'affection aboutit toujours à me paralyser la glotte ! M'enfoncer dans la certitude que tout ce que je pourrais faire ne tendrait qu'à trucider mon désir irrationnel. Seule mon insuffisance pouvait finir par lui éclater à la gueule ! La rencontrer. Discuter avec elle ne tendait qu'à user son fantasme aberrant. La fuite devenait le seul moyen de le conserver. De l'honorer ! L'affection, ça ne se vit pas, ça se fantasme ! Ça se momifie ! Ça s'encastre dans du formol ! Seule mon absence pouvait la préserver d'un autisme infécond. La protéger de ma médiocrité...

Le seul avantage de l'amour, c'est qu'il permet de s'en foutre... S'en foutre des autres femmes... S'en foutre de toutes les autres... Le reste n'avait plus d'importance... Ce n'était que des sacs à foutre ! Je vivais avec cette impression que je pouvais bouffer leurs lèvres sans contrainte. Je vivais peut-être juste comme un mec qui a une biroute ! Juste une biroute sur patte avec un fil de bave qui dégoulinait du menton. Se laissant porter par le vent. Je pouvais tout faire. Mon amour pour Manon me protégeait de mes sentiments face aux autres. Il n'y en avait que pour elle ! Les autres, c'était de la barbaque ! Je les aimais un peu, mais il n'y avait qu'elle qui risquait de trucider mes tripes ! Il n'y avait qu'elle qui était capable de me faire déraisonner. Il n'y avait qu'elle que je pensais capable de me comprendre. Il n'y avait qu'elle que je ne devais pas toucher… il n'y avait qu'elle… C'était la plus belle ! La plus brillante ! La plus attirante ! La plus sensible ! Celle qui était vraiment beaucoup trop bien pour moi…

Et puis, je dus regagner les amphis. Un retour à cette vie impersonnelle et rationnelle. L'obsession des gènes avait remplacé celle des femmes. La vulnérabilité de mes tripes avait laissé place à la froideur mathématique de mon esprit obtus de scientifique un peu borné. Je me retrouvais bercé par cette inhumanité protectrice finissant par me demander si l'analyse en composante principale ne devrait pas prendre la place de mes émotions…

Hélas, un jour, l'ivresse statistique s'éclata sur le mur obscur d'une réalité pathétique. Le retour dans les bars. Le besoin de redevenir ce dragueur lourd me poursuivait. Mais ça ne marchait pas ! Ça ne marchait pas… Ça ne marchait pas… Ça ne marchait plus… Le féminin était redevenu ma terreur. J'étais redevenu un échec… L'échec était redevenu mon identité… J'étais redevenu ce non-sens. J'étais juste à ma place ! Mais ma place je l'emmerde ! Ma place, je ne la supportais pas ! Ma place me donne juste envie de la fracasser ! Je ne pouvais pas redevenir ce que j'étais. Je ne peux plus être ce que je suis… Je ne pouvais pas… Je ne pouvais pas ne pas parler… Ne pas en parler à quelqu'un… Ne pas lui parler…

J'avais besoin de lui parler, à elle. Elle, c'était Plume_des_ténèbre84. Une âme tourmentée qui larvait sur les sites littéraires. Flirtant éternellement avec les limites de la décence. Elle avait son éthique à elle. Elle avait une obsession irraisonnée. Son truc à elle, c'était une espèce de mélange informe entre sa vie de junky et les traces d'une sexualité extrême qui s'enfonçait dans le malaise. Elle n'était qu'une immoralité qui m'attirait. Alors je lui ai parlé. Je lui ai tout dit ! Je lui ai tout dit à cette salope ! La salope, elle était là pour moi ! Elle me comprenait… Peut-être… Peut-être… Je n'en sais rien… J'espère juste que ce n'était pas le cas. Encore aujourd'hui.

Moi : Je suis triste…
Elle : Qu'est-ce qu'il y a ?
Moi : J'en ai marre, j'en peux plus
Elle : Qu'est-ce qui se passe ?
Moi : Je n'y arrive plus… J'ai peur des femmes. Je me déteste…
Elle : Ce n'est pas ta faute…
Moi : C'est-à-dire ?
Elle : Bah, avec ton corps…
Moi : C'est-à-dire ?
Elle : Tu as ton corps, ton handicap !
Moi : Je ne sais pas, j'avais l'impression d'être meilleur que ça…
Elle : Tu es sûr de ça, tu te fais pas des idées ?

Elle venait de m'assassiner… De fracasser ce dont pourquoi je vivais. Je venais de réaliser que tout s'écroulait. Je me retrouvais là… Pris par le charme de Manon. L'illusion d'un bonheur presque accessible. L'illusion que je pouvais être autre chose qu'un déchet. Qu'un déchet affectif ! Qu'un déchet sexuel !

Je stagnais là… S'effondrant contre Plume_des_ténèbre84. Comme si l'idée que je croyais avoir vécue n'était qu'illusion. Comme si tout ce que je croyais avoir vécu n'était qu'illusion. Comme si tout ce que je pourrais vivre ne sera, à jamais, qu'illusion. Comme si le Dr Égoir devait perpétuellement me fracasser… Comme si l'idée d'un bonheur ne serait qu'une aberration encastrée dans l'illusion… Manon devenait la Manon de Gainsbourg. La seule histoire de cœur qui ne m'ait jamais touché peut-être… La seule par laquelle je me sois réellement senti concerné. Serge, ce génie…

Non tu ne sauras jamais Manon
À quel point je hais
Ce que tu es
Au fond
Manon
Je dois avoir perdu la raison
Je t'aime, Manon

Et puis, au fond, je n'en sais trop rien. Manon, ça rime peut-être un peu avec illusion… Peut-être n'était-elle que pure illusion, je n'en sais trop rien… Je n'en sais vraiment trop rien… Je n'en saurai probablement jamais rien… Peut-être ai-je besoin de ne pas savoir. Je tiens peut-être à conserver l'illusion que ça aurait dû être la femme de ma vie… Peut-être…

Et puis, il y avait ma mère. Elle voulait être gentille. Elle veut toujours être gentille. C'est une mère. Mais si la gentillesse ne pouvait pas détruire, ça se saurait. Un jour, elle me dit que… Que, moi aussi, j'aurais une copine. Il restait l'idée que j'étais juste trop con pour en avoir eu une. Trop autiste probablement… Probablement… Juste trop autiste peut-être… Juste trop con pour vivre… Juste trop con alors j'ai décidé de ne pas vivre… J'ai décidé de ne pas exister même si je n'avais pas ce qu'il fallait dans les sacs à foutres pour me finir. Alors j'ai bouffé une boîte de cachetons pathétiques et inoffensifs. Encore aujourd'hui, je me dis que c'était la seule décision rationnelle que j'aie prise dans ma vie. Que je suis juste né pour crever !

Chapitre 46

Jeudi 16 juillet 2020

Je repense à l'université. À ce parcours d'étudiants ni bon ni mauvais. Juste médiocre… J'étais celui qui n'imprimait que par son infirmité. Vague fantôme des auditoires. Cadavre de branleur biologique. Sous-merde logique. Juste là pour surnager. Mais, pire pour mon égo : on m'aimait ! On m'admirait ! On croyait en cette chimère ! On croyait en ce surnuméraire académique ! Et moi, j'étais juste condamné à péter plus haut que mon cul ! J'étais juste là incarcéré dans ma pseudo-réussite que je haïssais toujours plus. Je n'étais que ce semi-puceau tout juste bon qu'à s'enfiler des diplômes à la con. On m'admirait alors que j'avais juste envie de crever…

Je me retrouvais contraint à être cet être. Celui qui se dépasse. Celui que l'on perçoit comme il n'est pas. Celui qui est dépossédé de sa propre souffrance. C'était ainsi. Plus je réussissais, plus on m'aimait. Plus on m'aimait, plus on m'admirait. Plus on m'admirait, plus on niait la réalité profonde de ce que j'étais. Plus on me niait, plus je me détestais. Plus j'avais besoin de tout casser chez moi. Plus j'avais envie de me casser ! Plus j'avais envie de me jeter par la fenêtre ! Eh oui, c'est ainsi, je suis suicidaire ! Je l'affirme et je t'emmerde ! Mais je ne pouvais pas… Je ne pouvais pas alors j'ai inventé, le suicide à moitié réussi. Je n'avais pas pu me buter alors j'ai buté mes études. J'ai buté tout ce qui faisait que j'avais une véritable existence. Depuis lors, je suis un suicidé de Schrödinger. Un mec qui ne compte plus. Un mec que l'on n'aime plus. Ces cons, ils ont voulu me raccrocher à ce qui comptait pour moi. J'ai fait en sorte que rien ne compte pour moi !

Après réflexion

Je me demande si je n'écris pas pour que tu me détestes. J'aimerais que tu me détestes comme j'aurais aimé que le docteur Égoir me déteste ! J'aurais aimé… J'aurais juste aimé. Sans amour, on n'aide pas l'autre… Sans amour, on ne défonce pas l'autre… Moi, j'avais juste besoin de défoncer ce qu'il m'avait craché à la gueule. J'avais désespérément envie de tout être sauf cet infirme idéal. Celui qui réussit sans baiser. J'aimerais, mais je n'y arrive pas… Je n'arrive pas à satisfaire mon gourdin alors je me contente de sodomiser le reste de ma vie. C'est tout ce que j'ai trouvé pour donner tort au docteur…

Chapitre 47

Lundi 10 août 2020

Je repense à cette lettre de mon oncle maternel. Celui que je considère comme mon troisième grand-père. C'était le jour où il apprit que j'avais arrêté mes études. J'y pense avec un pincement aux tripes. Je repense à lui, prof de philo en bout de course. À lui qui s'était expatrié en Belgique pour y suivre un amour. Quelque part proche de Liège. À Theux. Petite commune dont je tirerais mon pseudonyme. *Les Honteux. Lait Honteux. Laid Honteux.* Je ne sais pas vraiment comment l'écrire, mais je trouve que le concept ne me définit jamais trop mal. Je repense à lui et le doute m'envahit. Je ne sais… Je ne sais plus… Alors je lis et relis ces quelques lignes écrites entre un flot de banalités familiales…

J'ai appris avec stupeur ta décision de mettre un terme à tes études, et je ne puis m'empêcher de ressentir une infinie tristesse. Ton handicap, certes, peut sembler un obstacle à tes ambitions, mais je te conjure de ne pas perdre de vue les bienfaits d'une vie pleine de sens. Sur cette terre, il n'y a certainement personne qui ne soit pas là pour prendre sa place à travers un accomplissement de soi et les études en sont évidemment la clé de voûte qui ouvre les portes de cette réussite. Elle t'offre la possibilité de découvrir ta place dans la société, et de te donner les outils pour surmonter les défis de la vie comme trouver ta voie dans une vie professionnelle.

Je suis là pour t'aimer et t'accompagner dans tes choix. Si tu éprouves des difficultés à trouver ta voie, sache que je suis prêt à te soutenir et à te guider. Je suis fier de toi pour toutes les épreuves que tu as surmontées jusqu'à présent, et je sais que tu as en toi la force de surmonter les difficultés à venir.

C'est con. Je crois que ses mots m'ont touché. Qu'ils ont été capables de me toucher ! Il reste quelque chose, au fond de mon sac à foutre neuronal qui a besoin d'autre chose. Quelque chose qui a, de temps à autre, besoin d'être un peu normal. D'optimiser une réussite un peu minable. Une réussite pathétique. Peut-être un peu comme toutes les réussites… Peut-être que l'on réussit toujours un peu pour masquer une blessure, je n'en sais trop rien… Moi aussi, j'avais peut-être un peu besoin de réussir… Mais mon mal-être ne se laissait pas masquer… Mon mal-être débordait… Mon mal-être avait trop besoin de te dégobiller dessus !

Chapitre 48

Jeudi 10 septembre 2020

C'est absurde, je repense à Jane. Ce soir, elle vieillit. Cette magnifique jeune femme rencontrée au bar de l'uni alors que je me libérais un peu de la haine de mon zob. Le temps passe aussi pour elle, le salaud ! Le temps passe et je n'écris rien. Je ne gerbe rien ! Il faut dire que c'est reposant. Traîner sur Facebook… Combattre **tes** potes et leurs idées qui puent. Se rouler dans des excréments verbaux avec eux ! Ça permet juste de se sentir moins seul. Moins seul sans vraiment être aimé. Sans que l'on attende quelque chose de toi. Tu peux enfin être un vrai trou du cul et l'affirmer.

Reste qu'avec Jane, ça ne se passait pas vraiment comme ça. Elle, elle vivait avec le besoin de perfection greffée dans les viscères. Cette idée déraisonnable lui provenait probablement de son cousin. Brillant doctorant en génétique. À 24 ans, il était déjà programmé pour être une des stars mondiales dans le domaine des maladies orphelines quand il s'était donné une mort fracassante. Il avait dit qu'il ne supportait plus son impuissance face à la vie. Sa famille avait été marquée par une tante paternelle décédée de la myopathie de Duchaine en 1973. Ainsi, dans la famille, on vivait quelque part entre la terreur d'un génie immaîtrisable mélangé à une profonde empathie pour ces cervelles engluées dans un corps infirme.

Et elle, elle incarnait la résultante de toutes ces histoires… De toute façon, on ne devient probablement jamais que la résultante de notre histoire… De nos histoires… De ce capharnaüm ontologique débridé. Lui en était resté, ce besoin viscéral d'être ce que ces disparus n'avaient pas pu être. Celui d'une perfection totale. Une fille parfaite ! Une femme parfaite ! Une élève parfaite ! Une étudiante parfaite ! Un corps parfait ! Une esthétique parfaite ! Une amie parfaite ! Une amante parfaite… Malheureusement pour elle peut-être, elle en avait le potentiel. Son plus gros défaut était probablement d'être parfaite !

J'avais noté ce dialogue laconique avec elle à la sortie d'une boîte à désillusion dans un recoin binaire de mon disque. Nous étions là, à quelques plombes de l'aube, sur un banc public arrimé à l'esplanade de la citée. À mater les lumières scintillant à l'horizon. Quelque part dans le vide d'une nuit de semaine. Là où le peuple normal dort. Quelque part dans un temps qui n'avance pas réellement… Qui s'étale comme une flaque d'eau qui croupit… La journée avait été caniculaire, la nuit était douce.

— Ça fait quoi d'être toujours la meilleure ?

— Je vis avec, je peux pas faire grand-chose… me répondit-elle d'un ton nonchalant.

— Mais ça doit être une pression énorme, je sais pas comment tu fais ? lui demandais-je avec l'impression que mes questions étaient toujours aussi chiantes.

— Je n'y peux pas grand-chose… Je vis avec…

— Ça te rend heureuse ?

— Le bonheur, c'est chiant… Vive l'intensité ! entendis-je avec l'impression qu'elle sentit mon empathie.

— C'est pas bien d'utiliser son intelligence pour pas répondre aux questions…

— Oui, mais c'est drôle !

— Je t'emmerde… dis-je en pensant qu'il n'y avait, sans doute, rien de plus empathique que la vulgarité connivente.

— Il faut bien que notre intelligence serve à quelque chose de temps en temps

— Et ça te rend heureuse ?

— De temps en temps, mais pas souvent…

Et moi, j'avais juste envie de la serrer dans mes bras…

Et moi, dans tout ça. Moi, j'étais quelque part. Je ne sais pas réellement où… Sans doute, pas réellement à ma place… Quelque part, où j'avais pris la place de l'autre. Prendre la place de ce qui n'était pas moi. Ce qui était plus que moi. Paraît-il que mon regard lui rappelât celui de son cousin… Et mon infirmité, sa tante… Je ne pouvais pas. J'étais là, sans savoir réellement où… De toute façon, une relation, c'est toujours entrer dans une histoire qui n'est pas la sienne par effraction. C'est toujours une histoire qui entre en toi. Qui te viole un peu.

Je devenais celui qui devait toujours être plus qu'il n'était. Je devenais celui à qui l'on en demandait trop. Je me sentais devoir toujours être celui que je n'étais pas. Celui qui était attiré. Celui qui désirait ! J'étais aussi celui qui aimait ! Et plus je la voyais, plus je l'aimais. Plus je l'aimais, plus j'avais envie de le lui dire. Plus je le lui disais, plus je me sentais aimé. Plus je me sentais aimé, plus j'avais l'impression de prendre une place qui n'était pas la mienne.

Plus j'avais l'impression d'être trop crétin. Juste trop crétin pour cette place… Trop con ! Plus je la voyais. Plus je me haïssais. Peut-être l'amour le plus pur que j'ai vécu et… Et la haine de soi qui va avec…

Et puis, quelque part, au fond de moi, je la désirais. J'avais juste envie d'elle ! Mais mon désir était devenu pathologique en lui-même. Pas son expression. Le désir en lui-même. C'était devenu cette phase maniaque selon l'autre. L'autre : mon cousin ! C'était cette incongruité psychiatrique. Mais je n'y pouvais rien. Elle était cruellement désirable ! Elle était trop désirable, mais je n'avais pas le droit ! Pas le droit de le dire ! De lui dire ! Je n'avais même pas le droit d'y penser… Je n'avais pas droit à mes propres sentiments. À mes propres émotions ! L'existence même de mes passions devenait le symptôme d'une phase maniaque qui m'imposait un peu plus de haine de mon organe cérébrale. Nous restions juste là, telles deux histoires qui ne s'encastraient pas l'une dans l'autre sans souffrance…

Chapitre 49

Vendredi 15 janvier 2021

De temps à autre, je repense à lui. À mon oncle. Je me remémore cette journée pluvieuse d'août 1998 où nous allâmes faire les groupies de bas étage au grand prix de formule 1 de Belgique. Proche de Theux. Une fois mon bac en poche, il voulut partager cette passion qui le rongeait depuis toujours. Celle qui m'obsède toujours aujourd'hui. Je repense au son des V10. Aussi prenant qu'assourdissant. Comme une torture qui retourne tes entrailles dans un plaisir orgasmique… Comme l'attirance animale d'un plaisir coupable… Nous étions là, postés sur les gradins du virage de la Source. Prêt à voir partir cette essence de la déraison inhumaine. L'idée est aussi stupide que jouissive ! Il faut dire que l'on jouit bien souvent des choses stupides…

Nous étions là. Au premier virage. À mater ce départ chaotique menant à ce drame un peu suave. Cet instant aussi destructeur qu'aberrant. Là, face à ce carambolage généralisé. Nous étions pris par cette stupeur flirtant avec un plaisir encastré dans la honte. Celle d'un crash ! Celle d'une hémoglobine qui n'était qu'évanescence. Une violence à l'état brut ! J'étais là, me retrouvant dans ma zone de confort. Honteusement pris par la jouissance de cet acte destructeur. J'étais là, comme face au mec qui m'avait filé une droite. Pris dans mon éternelle madeleine de Prost !

C'est juste de ces instants où tu te sens profondément vivant. Vivant tant la vie flirte avec la mort… Tant l'idée que la probabilité d'un cadavre fut intense… Nous restions blêmes sous la pluie de Spa-Francorchamps. Je réalisais, au combien, la probabilité d'un risque constituait l'épice du sport mécanique au-delà du pilotage, de la performance technique, de la stratégie, de l'expérience humaine, des enjeux financiers ; il restera toujours un mec qui réduit son espérance de vie de façon plus ou moins significative pour un peu d'adrénaline.

Et puis, le sport mécanique me fascine par son acceptation de l'inégalité. Au fond, tu sais que les mecs qui posent leurs fions sur la ligne de départ ne sont pas égaux. Tu sais qu'ils viennent de famille plutôt aisée… Tu le sais et ce n'est pas grave… Ce n'est pas grave par ce que tu sais que pour réussir, il faut être là, au bon endroit, au bon moment avec ton reste de talent. Quelque part avec la bonne charrette. La bonne équipe ! C'est peut-être ce qui en fait un sport de gauche comme disait toujours mon oncle. Un spectacle qui ne nie pas les inégalités, mais qui les met en scène. Qui les montre et qui les démontre. C'est probablement aussi ce qui le rend populaire. Il permet de s'identifier à l'injustice !

Après quelques minutes de réflexions

Mais, au bout du compte, le plaisir est toujours coupable. Du crétinisme pollueur. Orgie de CO_2 à la raison absente ! Bah oui, je suis écolo et j'aime la puanteur ! Je suis un faux-cul ! Un connard ! Un hypocrite ! Je n'y peux rien… je suis ainsi et je l'assume ! Les bagnoles, c'est juste bon !

Chapitre 50

Dimanche 28 février 2021

Finalement, je n'en peux plus de toi, petit con ! Pétasse, j'ai envie de te dégobiller dessus ! De toute façon, c'est ainsi, écrire c'est gerber ! C'est gerber sur l'autre ! C'est cracher ce qu'il ne veut pas réellement entendre ! De temps à autre, ça ressemble à du réconfort, mais c'est douloureux. Écrire ça me dégoûte, surtout quand les mots sortent de ma tronche ! Écrire, c'est de la merde ! Écrire, c'est un peu comme faire caca, ça fait mal au ventre, mais tu te sens mieux après... Je ne suis probablement pas très catholique, mais je me demande si je ne suis pas *scatolique*, j'ai l'impression que la merde veille sur moi ! Je ne suis qu'un pleutre inconsistant ! Une petite fiotte ! Je ne suis même pas capable d'affronter mes maux. De cracher ces mots. Je ne peux pas. Je ne peux juste pas... J'en ai marre d'être ta pute ! Jouet pathétique de ton voyeurisme débridé !

Chapitre 51

Mardi 17 mars 2020

Greg, mon pote climatosceptique, a fini par me virer. Me jeter hors de son monde ! La corde a craqué. Elle s'est fait buter par nos égos respectifs. Elle s'est écroulée sous le poids de sociologies trop divergentes. Par nos psychologies de cons ! Il reste toujours, en moi, cette pulsion engloutie dans l'irrationnel. Celle de raccrocher mon monde à la raison. D'agripper mon entourage à la zététique. Mais mon monde n'en veut pas ! Mon monde, il n'en peut plus et je le comprends. Mais je n'y peux rien ! Je n'ai pas encore trouvé des gens que je haïssais assez pour avoir envie d'une vraie relation avec eux…

Alors, je me contente de détester l'inconsistance des arguments. La bouillie conceptuelle déféquant sur le réel. Sur la souffrance humaine. Je rêve juste d'un monde où les escrocs se satisferaient de sucer ton pognon. De trucider ton égo ! D'empaler ta dignité sans trahir le réel !

Je n'y peux rien… Quelque chose en moi n'y arrive pas ! Elle finit toujours par penser qu'un conflit d'idées et qu'une baston valent beaucoup mieux que l'inutilité d'une amitié. Je ne sais pas faire autrement. J'aime beaucoup trop le conflit ! Je suis drogué au clash ! Shooté à la testostérone ! À l'envie d'en découdre ! De trucider de l'argumentaire foireux ! De déféquer sur l'idiotie ! Simplement, à force de déféquer, je finis par faire chier. Sans doute l'instinct d'imitation. Un peu comme tu dégobilles quand tu vois vomir. Je suis un laxatif en quelque sorte. Juste un gros con qui te permet de sortir ta rage...

Au bout du compte, je n'ai pas grand-chose pour moi. La seule chose que je sache réellement faire, c'est échanger des torgnoles... Peut-être... Peut-être... Peut-être, me punir un peu plus d'être moi-même... La raison et l'autodestruction : Les deux grandes amours de ma vie !

Chapitre 52

Mardi 3 mars 2020

C'est ainsi, en réalité, les choses se perdent souvent dans une réelle complexité. Entre un fatras de contradictions. Je me souviens de cette discussion avec mon oncle. C'était dans ce temps où l'homme se pressait vers son heure fatidique… La course avec son cancer du pancréas avait commencé. L'heure de ses derniers plaisirs avait sonné. Pour lui, ce fut ce qu'il a toujours aimé ! Une voiture ! Une Porche Cayenne ! La charrette dans sa version la plus bof !

Nous étions tous les deux dans un bistroquet liégeois. Perdu dans un automne pluvieux, lovés dans un petit bar à bière. L'ambiance était populaire. Au fond d'une taverne à l'allure allant jusqu'au bout du kitch. Quelque part au bout d'un monde fait d'un fatras de babioles poussiéreuses emprisonnées dans des murs moyenâgeux ornés de quelques toiles baroques à souhait… Le cadre idéal pour une discussion foireuse encastrée dans une atmosphère poussant à une dissipation totale.

— T'as changé de bagnole ? lui demandais-je plus ou moins innocemment.

— Bah j'me suis fait plaisir une dernière fois même si c'est pas très écolo... marmonna-t-il

— On est tous un peu des connards hypocrites, faut vivre avec. Mais toi, t'es dans la moyenne acceptable !

— Merci ! J'aime assez le concept, la pureté militante m'a toujours fait grincer des crocs ! me dit-il, en soupirant.

— J'avoue que j'suis un peu emmerdé. J'sais que c'est pas cool, mais je comprends ton bonheur...

— Mais on crève de la parole de ces ayatollahs verts... Des fois j'me demande s'ils ont toutes leurs frittes dans le même sachet ! Il passe leur temps à horripiler les gens... À cause d'eux, Trump et les autres climato-dégénérés explosent ! s'exclama-t-il en haussant la voix.

— En gros, t'es macroniste, en même temps faux-cul et je ne sais pas trop quoi... Mais brillant...

— Non, je vote écolos ! même s'ils m'filent des vapeurs, je sais qu'ils ont raison, mais j'aime beaucoup trop les carrioles !

— T'es un militant désabusé ?

— Même pas, entre le centre et les écolos, je sais plus vraiment où j'habite... J'me sens écolo, mais j'aime ma liberté. Et puis j'suis pas le seul. Tout le monde aime sa liberté, c'est humain. Même si je les trouve raisonnables... Même si je sais qu'ils ont raison, j'ai envie de me rebeller... Aurélien Bareau me donne profondément envie d'aller faire un tour avec mon Cayenne sur les autoroutes allemandes en écoutant le dernier discours de Trump... Même si je l'admire... Barreau pas Trump ! Même si je le trouve brillant... Même si je sais qu'il a raison ! Mais qu'il arrête de parler à notre humanité, l'Homme n'a jamais agi qu'avec sa bestialité !

Donc, au final, je ne sais plus… Je me demande si un centre mou, c'est pas le moins pire…

En gros, on a le choix entre l'inaction d'un débat clivant ou l'inaction d'un centre mou !

— On va finir par en crever… Dis-je avec un fond de révolte ?

— Au final, je ne suis pas certain que l'on sache faire un autre truc que crever !

Comment je suis devenu un gros con

Chapitre 53

Samedi 3 avril 2021

Ce soir, je ne pouvais pas ! Même si j'en avais envie. Je n'ai pas envie de m'astreindre à y passer du temps. À ressasser des épisodes douloureux. J'ai juste envie de dire. J'ai besoin de dire ! J'ai juste besoin de vomir sans en avoir le courage… Vomir, ça fait du bien, mais l'appréhension me submerge. Alors j'ai abandonné. Alors je suis allé quelque part dans le néant sur *camacam.fr*… Juste pour prendre quelques baffes ! Avec le besoin d'être ce vieux pervers dégueulasse et infirme ! Ce mec détesté et détestable encaissant les haines. Et puis, il y eut elle. Personnage scandaleux et probablement factice. Elle se tenait là. Nue avec sa webcam pointant obsessionnellement une chatte presque offerte. Offerte à la bestialité du premier venu !

Infirme timidement obscène pour moment honteux avec une femme

Moi : mmmmmmmm

Elle se recula, intégralement à poil face à moi. La cam irrésistiblement centrée sur une chatte rasée de près. Face à moi. Face au vide. Face au vertige d'un désir virtuel. Fantasme d'un instant…

Moi : gracieux…

Elle massa mécaniquement sa plastique charmante et généreuse. Plota ses pastèques ! Caressa timidement la courbure d'un ventre presque plat. Se retourna, m'offrit la vue sur un fion qu'elle écarta machinalement. Qu'elle claque ! Et moi… Et moi, je sortis ma perversion de mon pantalon et commençai à lui imposer mon désir encore flasque…

Moi : J'ai trop envie !

Elle caressa timidement son anus telle une invitation un peu désabusée.

Moi : Tu aimes les vieux cochons ?

J'ai ce besoin déraisonnable et pathologique de vérifier que l'autre accepte le pire de moi-même.

Elle : Salut rocker !

Mais elle voulut le meilleur, la salope !!! Là, devant sa cam, avec cette scandaleuse excitation due à sa paire de loches. Enrobée de sa belle chevelure presque noire.

Moi : J'ai envie de te faire des choses…

Elle restait là. Seule derrière sa webcam. À offrir son corps de façon mécanique comme un steak sur une étale de viande.

Elle : Viens sur mon cul !

Elle : Mmm

Dit-elle sans trop y croire. Comme si elle avait envie de me vendre une barbaque qui méritait probablement bien mieux… Bien mieux que moi.

Moi : trop envie…

Et moi, j'essayais de lui partager mon désir pathétique tel un partouzard indécis et sans consistance…

Elle : Infirme, mais mignon…

Mon crétinisme finit par être touché par cette phrase. Elle me sortit de l'obsession de ma queue et j'eus besoin de le lui dire. De m'enfoncer dans le pathos.

Moi : Tu es trop chou...

Alors elle me laissa avec mon fantasme...

Elle : À bientôt ;*)

Elle coupa la ligne. Elle scia l'élan d'un poireau devant inexorablement retomber avant l'extraction de son jus. C'est étrange... Je sais que je me suis fait pigeonner ! Que je me suis fait pigeonner jusqu'au bout ! Jusqu'au fond de mon trou de balle ! Qu'elle n'était probablement qu'un obscur fake. Qu'une vidéo pathétique passant sur l'écran. Je le sais... Je le sais comme une évidence. Et pourtant... Et pourtant je me dis juste que son inexistence m'a aussi bien fait bander ! L'important ne se situe peut-être pas au niveau de la réalité, mais, sans doute, à celui de ce que l'on en perçoit. Une relation factice ne fait peut-être pas moins de bien qu'une relation basée sur la réalité tant qu'elle est ressentie comme telle... Peut-être, je ne sais pas... Peut-être... Je n'en sais trop rien... Je veux juste être heureux... Même fictivement heureux...

Finalement, au fond, dans le bonheur, seule compte la fiction. Qu'une interprétation distordue de faits tronqués. Ça suffit à passer de la souffrance au bonheur, peut-être...

Chapitre 54

Mercredi 7 avril 2021

Je me retrouvais là, face à cette histoire. Face à ce temps où je souffrais. Face à mon histoire. Face à son histoire. Face à sa bienveillance infinie. Face à ma souffrance viscérale. Putain !!! Putain, c'était un fait. Je souffrais ! Jane était devenue souffrance et elle n'y pouvait rien. Strictement rien ! Elle n'était pas souffrance parce qu'elle faisait ce qu'elle faisait. Parce qu'elle disait ce qu'elle disait. Elle était souffrance parce qu'elle était ce qu'elle était ! Parce que son histoire était son histoire ! Comme une table est une table. Une table ne peut être qu'une table. Même si elle est parfaite, elle me fera toujours penser à une table d'opération sur laquelle on agonise.

Et puis, je ne pouvais pas. Je n'avais pas le droit moral de lui parler. De lui dire. De lui dire qu'elle me faisait mal ! Qu'elle était, malgré elle, une partie de ma douleur ! Que la voir me donnait envie d'empaler ma glotte ! De me flinguer ! Putain, c'était un fait, je ne pouvais pas la voir sans avoir envie de me flinguer ! Elle me donnait envie de me flinguer et elle n'y pouvait rien. Strictement rien ! Nos rencontres étaient toujours des moments sublimes. Mais une fois seul. Seul face à moi-même. Il ne restait que l'envie d'en finir… D'en finir comme le père de mon cousin…

Oui, je sais. Oui, je sais. Je suis une MERDE !!! Un petit con. Un gros con. Un pauvre con. Un vieux con. Un sale con. Un sombre con. Un con absurde. Un con ignare. Un con prétentieux. Un con périmé… Un con un peu rance. Être con c'est très pratique, c'est le seul truc qui puisse justifier les pires conneries !

Je tentais juste de ne pas être cruellement con ! Un de ces abrutis qui vont obsessionnellement chercher la douleur chez les gens qu'ils aiment. J'essayais… J'essayais de la voir sans douleur… J'essayais, mais je n'y arrivais pas vraiment… Je n'y arrivais vraiment pas…

Je ne pouvais pas ! Je ne pouvais pas ne pas ressentir sa culpabilité. Celle face au mythe d'une tante disparue dans la souffrance. D'un cousin déchiqueté là. Quelque part, devant une impuissance insoutenable. Moi, je ne pouvais juste pas lui dire. Lui dire que ceux qui avaient voulu me sauver finissaient tous par creuser ma tombe malgré eux et que je ne le supportais plus. Et puis… Et puis, j'avais 13 ans de plus. Une existence déjà détruite alors qu'elle avait une vie à construire. Du génie à faire exploser… Non ! Non, c'était juste à moi de gérer ! De contrôler cette souffrance. La sienne ! La mienne ! Celle que j'étais prêt à lui déverser sur la gueule !

C'est con. C'est grotesquement crétin, mais j'ai tout essayé d'imaginer… Sans limites.… Sans tabou. Je l'ai imaginée en pote de bar. En amie. En confidente. Sœur de cœur. Amour. Plan cul. Femme. Il n'y a pas grand-chose qui y a échappé. Pas grand-chose sauf le bonheur¨ ! Je ne me suis juste jamais imaginé créer du bonheur avec elle. Ni pour moi ni pour elle ! Elle n'était probablement que cet épisode qu'un délicieux hasard avait créé avec un cruel sadisme. C'était plus fort que moi. C'était plus fort qu'elle. C'était plus fort que nous. C'était une rencontre arrosée au non-sens. C'était juste ainsi… Une table est une table ! Elle ne peut être qu'une table… Même si on a plus souvent besoin d'un fût de bière…

Chapitre 55

Samedi 10 avril 2021

Toujours là, face à ce flot de médiocrité incessant. Face à cette immondice qui se concrétise sur *camacam.fr*. Qui se matérialise telle une œuvre d'art contemporain. Comme les boites de merde de Pietro Manzoni… Comme ces conserves saveur fécale… Un mec me sort cash : « *Tu veux voir ma merde ?* » Putain quel génie ! Il a tout dit. Il a matérialisé une ambiance… Mais moi, je suis une verge molle ! Je m'arrête au stade du flirt. J'aime juste humer de loin. Je n'y peux rien… Elle me fascine, mais je ne l'assume pas… Alors je décline son offre et me casse en repensant aux vers de Microco…

Dans la vie, on en chie !
On mange son caca…
Telle est la triste orgie
Nous menant à trépas…
À ce jour sans popo,
Où l'on fait plus le beau.
Où l'on rejoint sa merde,
Où Dieu nous emmerde.

C'est pas la punition,
Juste la révélation :
Alors on schlingue un instant,
Pris par l'inexistant.

Puis on part sous la tombe,
On n'est plus si immonde !

Ainsi soit-il.

20 minutes plus tard

Encore là. Sur le point de couper ma cam. De m'extraire de ce cachot cybernétique dépressif et déprimant. Prêt à retourner à une vie un peu plus apaisée après m'être enivré de mon shoot de haine. Mais l'origine du monde sort de nulle part. Du milieu du chaos, Courbet jaillit du tréfonds d'un 21e siècle confiné. Comme si, au final, la liberté se retrouvait seulement dans la baise… Elle était là ! Juste deux cuisses généreusement écartées, une chatte et une main. Juste ça : une crevasse à fantasmes en gros plan. Je me lève et lui envoie ma queue à la gueule ! Mon désir dans sa face ! Nous étions seuls. Sexe contre sexe. Désir mystérieux contre désir flasque. Elle me lança un petit pouce en l'air. Comme pour m'inciter à rentrer plus profondément dans sa barbaque. Elle écarta ses lèvres et plongea ses doigts à l'intérieur. Alors je me mis à lui décrire un désir comme pour me convaincre…

Moi : Trop envie !

C'est ainsi, je dois écrire. Décrire. Mais elle, elle ne veut pas… Elle me montra qu'elle souhaitait juste que je m'astique animalement la tige. Qu'elle désirait mon foutre ! Malheureusement, je n'y peux rien, je ne suis qu'un obscur cérébral qui bande à travers les mots cochons.

Moi : De te faire des choses…

Elle prit sa cam. Me montra l'intense perfection de son corps. Ses seins délicieusement contraints par un soutif exposant l'indécence de ses tétons. Même son visage juvénile semblait respirer le désir ! Une indécence juste là pour faire bander le vieux porc. Un vieux porc à la ramasse… Un vieux porc en manque de verbe obscène…

Moi : Tellement de choses…

Moi : Envie de mettre ma bite !

Elle était juste là… Inerte frottant hypnotiquement sa chatte. C'est absurde, mais ce sexe brut commença à m'angoisser. Je crois que le sexe brut m'angoisse toujours. Il est là, ne sachant jamais où aller. Vers où aller. Comme s'il était inéluctablement fait pour s'embourber… S'embourber comme ma vie s'est embourbée… Alors j'attends de cracher mon foutre comme j'attends de crever ! La longueur ne fait que de m'angoisser. Comme si je me sentais perpétuellement prisonnier d'un état de fait duquel je ne pouvais pas m'échapper. De l'ennui. Alors je finis par juste me tirer sur la tige pour oublier l'angoisse… Mais ma queue n'y pouvait rien… Même elle, elle devenait impuissante, la pute !

Moi : Trop bon !

Moi : Je peux voir tes seins ?

L'idée était pathétique… Il fallait juste que je tente quelque chose… Quelque chose pour lui envoyer mon foutre. Mais même ses seins sublimes n'y faisaient rien. Le vieux porc angoisse !

Angoisse toujours plus brutalement ! J'angoisse devant un temps qui ne fait que de s'éterniser… Alors je coupais la connexion et cherchais une vieille moche sur un porno pour cracher la haine de moi-même greffée aux couilles. J'avais juste besoin de me punir ! De me punir de n'avoir pas eu la décence de lui cracher mon désir avec amour, peut-être…

Chapitre 56

Lundi 12 avril 2021

Même si la chose tombe dans le sexuellement pathétique. Presque pathologique. Je deviens malade peut-être… Peut-être… Peut-être, mais ça confère à l'indispensable. Cette envie fait désespérément partie de moi. De mon identité. Grâce à elle, je me sens enfin humain. Enfin complètement humain. Finalement, j'avais, tout simplement, besoin d'accepter le porc, terré en moi, dans ma fange neuronale. Besoin de faire accepter ce porc. Rien n'est, peut-être, aussi humain que le porc… Peut-être…

Je flirte avec cette part animale. La bestialité à l'état pur. L'Homme sans son humanité. Sans conscience. Sans culture. Juste l'idée qu'il existe deux choses indispensables : survivre et se reproduire. Survivre pour se reproduire. Pour baiser. Pour utiliser sa douille à purée protéinée. Ici, on ne fait que survivre. Survivre à l'insulte. À la haine. Aux traquenards. À la déraison peut-être… Peut-être. On ne s'y sent jamais réellement à son aise sans un minimum de haine de soi. Peut-être que mon propre dégoût me fait survivre aux égouts. L'idée qu'une vidéo de ta teub envoyée à tes potes ne t'atteindra pas parce que tu n'as pas de potes. Pas de place sociale à préserver. Je ne sers à rien. JE ME SENS

LIBRE !!!!!!! Juste libre… Libre parce que totalement inutile… Juste parce que je possède le luxe de m'en foutre… Peut-être…

Chapitre 57

Jeudi 15 avril 2021

Malheureusement, je ne peux pas m'empêcher de repenser à elle. À Jane, brillante jeune femme à l'histoire qui m'engloutit dans la souffrance. À Jane, comme un shoot de mal-être dont j'ai besoin sans réellement savoir pourquoi… Ce n'était pas moi qu'elle aimait, c'était l'image qu'elle avait de moi. On ne se fait jamais aimer, finalement. On n'aime jamais véritablement non plus. On ne fait qu'essayer de s'accorder avec une image. Je suis peut-être juste trop idiot pour négocier avec ce que l'on projette sur moi… Peut-être… Peut-être… Je ne sais pas… Je n'en sais trop rien… Tout ce que je savais, c'était que Jane n'était que souffrance. Que, pour moi, elle n'était que souffrance ! Que je ne pouvais que souffrir à travers elle ! Je ne pouvais pas lui parler. Et pourtant… Et pourtant, je ne pouvais pas me taire non plus. Je ne pouvais juste pas… Je ne pouvais pas assumer seul le poids de cette souffrance… Je ne pouvais pas me laisser détruire par son affection… Malgré elle…

Mais je ne pouvais pas non plus faire souffrir. Je ne pouvais pas… Je ne pouvais pas ! Et pourtant, ce n'était pas possible de faire sans ! Il ne pouvait pas ne pas y avoir de souffrance ! La vie ne pouvait que se résumer à une pataugeoire de merde. Ce tout petit monde nauséabond. Mon microcosme qui ne peut que puer quoiqu'il arrive. Une seule chose change, les excréments se remarquent mieux au milieu d'une parfumerie. Au milieu de sa perfection…

Il fallait que… Que je la mette le plus loin possible de moi… Que je me casse juste loin d'elle ! Loin de mes émotions. Loin de mes sentiments. Loin de moi-même ! Loin ! Loin !!! Dire faisait mal ! Lui dire, c'était lui dire qu'elle me faisait mal, c'était faire mal ! La souffrance était partout ! Je voyais la souffrance partout… C'était devenu mon loup-garou. J'avais l'impression d'avoir cinq ans et de me tuer.

Je n'ai juste rationnellement pas trouvé d'autres solutions ! D'autres que la douceur de l'absence. D'autres que la douleur de la mise à l'écart. C'est ainsi, tant que je ne ressens pas d'amour, je peux survivre… Mais est-il possible d'envoyer chier avec douceur ? De détruire un lien avec bienveillance ? Je ne sais pas… Je n'en sais trop rien… Qu'en penses-tu petit con ? Moi, j'ai juste essayé de faire au moins pire… Je me retrouvais comme un con à la rivière d'un poker existentiel. J'avais engagé quatre cinquièmes de ma joie de vivre. Probablement une partie de la sienne. Et j'avais la certitude que la vie aurait toujours les cartes pour rétamer tout ça…

Eh oui, le seul problème avec les liens, c'est que l'on ne les brise jamais réellement innocemment même si on doit le faire. C'est con, ils sont faits pour s'agripper à nous au-delà du raisonnable. Alors il ne me restait plus qu'à essayer de faire au moins pire. Au moins mal. De faire le moins de mal tout en n'en encaissant pas une surdose létale. J'ai tenté de m'en écarter avec le plus de douceur possible jusqu'à m'évaporer de son affection. Je sais que ça ne marche jamais réellement, mais je n'ai jamais trouvé mieux. J'espère juste avoir minimisé notre souffrance, mais, au fond, je n'en sais trop rien… Enfin si, au fond de moi, je sais que j'ai échoué à ne pas faire mal et à ne pas me faire mal… Comme d'habitude… Comme d'habitude, je finis toujours par devenir cruellement con…

Chapitre 58

Samedi 17 avril 2021

J'entre dans ce néant infécond avec un besoin frénétique de dégobiller des mots. Encore là… Encore là sur *camacam.fr*… Encore las… Au fond de mon dédain. Lové au fond du trou existentiel que je me suis creusé. Incarcéré au fond de mes névroses s'évaporant. Valdinguant pitoyablement. S'écroulant au rythme de la dérive des continents. M'enfonçant un peu plus profondément dans les insanités humaines. Les gens passent sans imprimer ma mémoire. Je les regarde d'un œil tout en déblatérant sur les réseaux sociaux. Comme si me fritter avec mes proches tenait, pour moi, d'une pulsion contrôlable… Un besoin insatiable de définir mon espace vital. ! De supprimer les liens qui me rattachent au moi moisi de l'existence. Une obsession bien plus puissante que le cul ! C'est dire si c'est grave ! Peut-être comme le sexe, mais sans inhibition…

10 minutes plus tard

Et puis, un mec me sortit, un instant, de la castagne verbale. Il était seul derrière sa webcam, l'air plutôt détendu avec son T-shirt blanc, sa casquette et sa bonhomie apparente...

— Encore des queues, toujours des queues ! s'exclama-t-il d'un ton exaspéré.

— Bah, c'est ce site... C'est comme ça... lui rétorquais-je de ma voix d'infirme.

— Toi, t'aimes bien les queues ?

— Non, j'en ai rien à foutre... ma réponse le fit marrer.

— Moi, je te comprends tout à fait, moi j'en ai juste marre des queues !

— J'en ai rien à foutre, j'ai envie d'une chatte. Les queues, je m'en bats les couilles.

— Bah, tu sais quoi ? Tu devrais aller sur un site porno, c'est beaucoup plus court ! me fit-il remarquer d'un ton péremptoire.

— Mais il y a pas de défi... de côté fun...

— Bah, je comprends, alors tu devrais aller chez une prostituée !

— Arg, mais, là non plus, il y a pas de côté fun. Tu paies, tu as, c'est beaucoup trop facile, ma sailli un peu scabreuse fit pouffer le jeune homme.

— Bon, alors je te souhaite bonne chance pour trouver des femmes qui vont te montrer leurs chattes, parce que, franchement, ça ne court pas les rues !

— Au contraire, il y en a beaucoup, t'as juste pas la méthode, mec !

Il sembla mort de rire et m'offrit un énorme pouce en l'air. Sans doute, encore un peu incarcéré dans un fatras de certitudes comme celle du Docteur Égoir. Celui qui me dit que la probabilité d'une baise n'était qu'une vague légende urbaine. Je crois que, moi aussi, j'ai envie d'être heureux…

4 h 20

Je n'arrive pas à me blottir contre Morphée, je repense à elle. Émergeant de nulle part. Une Suisse-Allemande. Une Teutonne ! Une bourbine ! Là, devant moi, la bonasse me demanda la taille de mon haricot périmé ! Je me terrais dans le silence. Mais elle me demanda de le sortir. Ne restait plus qu'à se barrer ! Qu'à retourner dans ce no man's land rationnel. Mon assurance prenait la tangente telle cette fuite du désir incontrôlable. Déraisonnable ! Irraisonnable ! Irrépréhensible ! Quasiment congénitale ! Comme si j'avais été éduqué pour que mon désir me dégoûte… Autant que son désir me terrorise… Comme s'il ne pouvait que se terrer dans l'ineptie… Dans la déception… Dans l'inutilité… Dans l'implacable nullité de mon existence. Comme si je ne pouvais que le fracasser ! Comme si je ne pouvais être qu'une merde d'infirme imbaisable !

Alors je me cassais ! Je me cassais violemment, mais elle restait là. Elle me rattrapa ! Me demanda si je voulais qu'elle se foute à poil. Me sourit. Sortit ses nichons refaits. M'offrit sa chatte ! Me l'exposa comme une pute ! Comme si elle voulait me vendre sa bidoche… Agripper mon fantasme… Il faut dire qu'elle est plus que bandante ! C'est de la barbaque de luxe ! Alors je lui sortis ma vieille queue moisie. Elle me dit qu'elle aimerait être mon infirmière et la sucer de temps à autre en secret. Qu'elle désire du sexe avec ses patients. Me demanda comment je m'étais fait estropier. Je tentais de lui expliquer avec mon anglais approximatif. Des mots qui s'accrochaient. Qui ne crachaient pas... Ces cons ! Elle se dit qu'elle est désolée. Je lui rétorque que j'aime la vie. Ne lui restait plus qu'à fourrer son gode pour fourrer son con à elle ! Pour que l'on jouisse ensemble ! Certes, elle s'est probablement laissé baiser un peu par pitié peut-être, mais baiser par pitié ne me dérange pas... Tant que ce n'est pas par amour...

Après quelques instants de réflexion

Il y a des soirs, comme celui-ci, ou tu as cette impression diffuse que quelque chose, en toi, tend à s'apaiser... Où la souffrance semble s'évaporer... Comme si j'avais pu dire un « MERDE » prodigieusement orgasmique au docteur Égoir... Comme si j'avais pu violer son intuition avec mon pic à glace dans sa gorge inféconde... Comme si j'avais pu uriner sur son flot de certitudes inconsistantes... Sur ce monde de fantasmes chimériques... Sur ce monde où les présupposés veulent torpiller les faits... Où on plaque une réalité préconstruite à la solde de son foutoir neuronal au lieu d'avouer que l'on n'en sait rien... Que la sexualité d'un infirme tend à lui échapper...

Comment je suis devenu un gros con

Chapitre 59

Mardi 20 avril 2021

Trois fois en 10 jours. Trois femmes. Trois chattes. Trois histoires indécentes. Instants de désir. Perditions dans le plaisir. Capharnaüm de l'insensé… Je devrais être heureux. Très heureux. Je devrais exulter. Sur ce site, je ne surfe probablement plus tel le plus pitoyable. J'ai ce que les autres ont. Et même, ce que les autres n'ont pas, peut-être… Ce qu'ils ne trouvent pas… Putain, je peux enfin me dire que je fais tout ce que je peux pour satisfaire mon artillerie un peu pleutre… Et que je suis bon… Pourtant, je suis là. Quelque part entre dégoût et haine de moi. Je peux encore peut-être changer ce que je fais. Mon rapport à mon désir. Au cul des autres. Mais je ne changerais pas ce que mes fantasmes ont fait de moi… Juste un vieux con qui se hait !

Rien n'y fait. Mon bonheur s'écroule à chaque instant. Je vis sur une base Line psychologique qui creuse sa tombe. Qui file tourniole sur tourniole. Elle sait sucer ton bonheur à chaque instant. Elle te pompe sans répit. J'ai juste l'impression que la quête d'un bonheur est un non-sens.

Après quelques instants de réflexion

Finalement, la poursuite de la santé mentale n'est probablement que pure folie. Seul reste cet arrière-goût toxique. Vouloir être heureux, c'est une défaite programmée, c'est juste être un peu plus frustré à chaque instant. Se rendre compte que ce n'est qu'illusion… C'est juste une raison de s'en vouloir un peu plus. De se trouver hideux. Horrible. Sans doute, juste un échec de plus. C'est ainsi… Je n'ai juste pas été fabriqué pour m'améliorer. Je suis juste trop con. Seul reste, probablement le salut de quelques cachetons… Se vautrer dans son malheur, c'est au moins reposant. Presque douceureux. L'idée d'une perte totale d'ambition salvatrice. Le renoncement devant l'éternel. Le bonheur de ne plus espérer le bonheur. Je finis par penser que l'idée de s'écrouler était peut-être la meilleure façon de ne pas s'effondrer. De ne pas exploser. De ne pas sombrer. De ne pas éclater. Juste accepter son statut de larve. De pauvre con !

Chapitre 60

Dimanche 25 avril 2021

J'ai la sensation que ma vie avance et je plonge dans le désir de la faire bouger plus vite. Alors j'ai cette envie pulsionnelle d'écrire. De lui écrire. À Égoir. Comme un besoin de solder ma souffrance. De le balancer à la gueule de celui qui en a produit une partie…

Après un instant de réflexion

Sur le fond, je sais que rien ne changera… Qu'Égoir ne peut rien pour moi. Je sais qu'il n'a jamais rien pu. Au fond, c'est un mec comme les autres. Quelqu'un dont l'égo n'équivaut qu'à son insignifiance. Mais je n'arrive pas à intégrer son insignifiance au plus profond de mon être. Je n'arrive pas à faire comme s'il n'avait pas existé. Alors j'écris. J'écris pour tenter pathétiquement de me soigner.

Comment je suis devenu un gros con

Docteur,

Ça fait une éternité que je ne vous ai pas revu. Je dois avouer que l'envie n'était pas réellement là. Je dois vous avouer que ma chute fut assez douloureuse sans me confronter à vous. Une chute à laquelle vous n'êtes probablement pas complètement étranger. La dernière fois où j'ai pénétré dans votre cabinet, je devais certainement vivre mes derniers instants en tant qu'adolescent raisonnablement heureux. Je vivais de rêves et de désespoirs.

Et puis, il y a cet instant où ma vie a basculé. Cet instant où mes rêves s'étiolaient. Où mes aspirations partaient en lambeaux. Cet instant où je n'avais plus réellement envie d'aller de l'avant. À partir de cet instant, je n'eus plus jamais véritablement envie d'aller de l'avant.

Je me rappelle trop bien de cet instant où j'étais allongé sur votre chaise longue. Quelque part dans votre petite pièce. Perdu dans ce fameux état anoitologique. Ni réellement éveillé, ni vraiment endormi, j'entendis votre voie dire que : « ma sexualité allait être compliquée, mais que je pourrais quand même être heureux sans ça ! » Cette voix qui m'a juste donné envie de lui donner tort quoiqu'il arrive. Je n'ai pas su séduire alors j'ai ce besoin viscéral de ne pas être heureux. Je n'ai pas su assumer ma sexualité alors j'ai eu besoin de me détruire… J'ai besoin d'être une loque jusqu'au bout. Une loque qui ne fait rien. Une loque qui échoue à tout ce que vous voulûtes que je sois parce que je ne veux pas être un être soumis à vos paroles. Je préfère juste me détruire moi-même. Au moins, je ne perds plus le contrôle de mon malheur.

Certes, l'attitude la plus intelligente aurait été de passer outre. De faire avec. Mais je n'ai pas la chance d'appartenir aux êtres intelligents. Je me contente de voir passer la sexualité des autres avec un désespoir un peu niais. Je me contente de mater la sexualité des autres personnes handicapées avec angoisse. Comme si j'étais le seul mec assez abruti pour être incapable de gérer ma sexualité.

À partir de ce moment, ma sexualité est devenue le centre d'une angoisse qui me pousse à détruire ma vie quoiqu'il arrive. À ne pas être heureux quoiqu'il arrive. Je suis ainsi, je n'ai pas la chance d'être une personne résiliente. Je n'ai probablement pas les gènes faits pour ça. J'en suis incapable. Juste incapable.

Léon

Comment je suis devenu un gros con

Chapitre 61

Mercredi 28 avril 2021

  Cet après-midi le printemps arrivait, le salaud ! Avec lui, son lot de petits culs. De mini-jupes. De décolletés obsédants. Apparats assassins. Ils me replongeaient dans la frustration de l'inaccessible. Et puis, il y eut elle, posée quelque part sur un banc… Quelque part, perdue dans une discussion profonde ou futile avec une amie. À mater les premiers rayons d'un soleil qui venait d'hiberner. Elles étaient là, lovées dans l'intimité d'une foule d'anonymes. De ceux qui rassurent. De ceux que l'on ne reverra jamais. De ceux qui ne nous agresseront jamais. De ceux qui sont juste une présence inoffensive… De ceux que l'on ne peut qu'aimer. Aimer parce que l'on ne connaîtra jamais leur médiocrité à cette bande de connards. La médiocrité, ça réclame un peu d'intimité…

  Je la croisai ! Elle me regarda ! Je la regardai furtivement. Il me semble que nous échangeâmes un sourire… Il me semble, je ne sais pas vraiment… Mais peut-être… Peut-être… Je suis ainsi, je ne crois plus réellement en mes sens. Ces salopards, ce ne sont que des traîtres ! Vagues vermines prêtes à tout ! Absolument tout pour te faire croire ce que tu as envie de croire. Je les hais !

Comment je suis devenu un gros con

Et puis, Luc, un pote de beuverie, passa par là. Un de ceux avec qui on se raconte des trucs de temps à autre… Juste un mec pas trop débile parmi tant d'autres… Il a un peu le melon qui enfle, mais reste de compagnie potable. Un de ces universitaires foireux ! Un psy ! Un de ceux qui alignent les théories comme d'autres collectionnent les conneries. Petit freluquet au crâne rasé. Il se prélassait sur un banc matant l'écran de son smartphone en attendant un partenaire pour jouer aux échecs. De toute façon dans la vie, on attend toujours un partenaire pour quelque chose. Je ne sais pas réellement si j'avais envie de le voir. Si j'avais envie qu'il me voie. En tout cas, je n'avais pas réellement envie de parler. Mon instinct social bandait extrêmement mou, mais il insista…

— Quoi de neuf ?

— Pas grand-chose… Ma vie stagne toujours…

— C'est-à-dire ?

— J'essaie de faire avec mon spleen. Je larve comme d'habitude, et puis j'écris aussi un peu…

— T'écris quoi ? lança-t-il. À voir, il avait réellement envie de communiquer, l'enfoiré. !

— Bah, des trucs un peu égocentriques… Je décris ma connerie… On en a tous une, après tout…

— T'écris ta vie, quoi ?

— C'est un peu ça ! Je décris ma merde actuelle ! Et puis, je pimente avec quelques souvenirs… dis-je en matant les gens.

— Ta vie passée ?

— Tu fais appel à ta mémoire, quoi ? me demandait-il tandis que je le ressentais plonger dans l'empathie avec ce visage doux et souriant.

— Oui, comme tout le monde…

— J'aime bien le concept de mémoire, c'est marrant, mais un peu foireux ! s'exclama-t-il avec cette empathie qui devenait, certes, plutôt caustique.

— Il y a beaucoup de trous, mais on fait avec

— Il y a pas seulement des trous, il y a aussi beaucoup de bullshit

— C'est-à-dire ? Tu m'intéresses… lui dis-je tandis que le monde extérieur s'absentait de plus en plus. Je me sentais captivé par ces paroles qui étaient peut-être faites pour changer quelque chose en moi. Ne restait plus que cette impression de les voir un peu changer ma vision du monde.

— Bah, c'est un truc absolument pas fiable, quoi. Il y a un psy qui a fait une expérience. Il a réussi à planter des souvenirs qui n'ont jamais existé dans la tête de septante pour cent de ses patients. Et pas des petits trucs. Il a réussi à leur faire croire qu'ils avaient commis un crime. Leurs cerveaux se laissaient berner par quelques insinuations. On est tous beaucoup plus cons qu'on le pense, quoi !

— Oui, mais moi, j'ai un rapport très solitaire avec mes souvenirs. C'est pour ça que j'écris, juste pour arriver à les cracher une fois. Enfin, si t'en parles pas, il y a pas de raison d'avoir de faux souvenirs ?

— Oui, mais non, ça ne marche pas comme ça ! Ta mémoire, elle s'effrite en permanence. Tu en perds toujours des bouts. On n'a pas inventé le cerveau en silicium, quoi. Et, tout ce que tu perds, ton cerveau le reconstitue. Simplement, tu as toujours tendance à reconstituer un peu comme ça t'arrange. Et puis, à la fin, tu peux te retrouver avec un machin qui a vachement dérivé, quoi…

— Merde alors, je ne sais pas ce que j'écris !

— Bon, on fait des trucs scabreux, tu n'es pas le seul. T'es juste humain, quoi !

En rentrant, je fis un détour par le net. Cherchant quelque chose… Quelque chose de rassurant ! Quelque chose justifiant ce que je suis en train de faire ! Il fallait juste que je me rassure ! Il fallait que je me rassure sur ce qui ressemble de plus en plus à un marécage de déjections cérébrales. Alors je me mis à plonger dans le gouffre de la toile. À chercher tout ce que je pouvais trouver sur la mémoire. Sur les faux souvenirs. La trahison de ma bidoche neuronale. Et puis non, je n'arrive juste pas à le contredire… Il a raison… Je ne fais peut-être qu'empiler de l'insensé sur de l'insensé… Peut-être… Probablement…

Je sais, de moins en moins, ce que veut dire ce texte. Il flirte de plus en plus incestueusement avec une ineptie de plus en plus absurde. Il n'est que le pet d'une tronche qui défèque dans l'irréel. Il n'est qu'un fatras de fantasmes informes. Comme un immonde fatras mémoriel inconsistant. Comme si je prenais conscience que je gerbais du vent. Que je décrivais une biographie qui n'était pas.

Je ne sais pas…

Après quelques minutes de réflexion

Au fond de moi, je ne sais même pas si ça a une importance. J'écris juste des trucs qui constituent ce que je suis aujourd'hui. Avoir une idée réelle de leur véracité n'a peut-être pas réellement d'importance… peut-être… Je n'en sais rien… Tu en penses quoi pétasse ?

Seul compte le souvenir qu'on s'en fait, peut-être…

Chapitre 62

Mercredi 5 mai 2021

C'est débile ! C'est con ! C'est dérisoire… Mais aujourd'hui, je me rends compte que, en trois ans, j'avais probablement rencontré plus de partenaires sexuelles que la moyenne des connards en une vie. Que j'avais toutes su les baiser derrière un écran sans avoir ni à les rémunérer ni à supporter leur amour. Elles se sont toutes prêtées au jeu pour cette raison mystérieuse. Avec cette grâce déraisonnable. Cette envie que je ne comprends pas réellement. Ce désir pathologique d'apporter un peu de plaisir virtuel sans attache.

Ce soir, je pense à elles toutes. Celles dont je t'ai parlé et les autres… Cette femme aux formes généreuses qui voulait être insultée dans sa baignoire. Cette petite Lausannoise qui me fit jouir avec sa délicieuse paire de seins. La mystérieuse chatte enrobée d'une lumière rouge avec qui on l'a fait encore et encore. Ce mec voulant partager un peu de son escorte soumise avec moi. Cette belle jeune fille avec qui je partageais un long chat coquin entrecoupé d'expositions de sa plastique. De ce moment bestial et étrange avec l'insensée beauté de ces courbes muettes et anonymes. De cette étrange baise interminable se laissant guider par mes mots avec subtilité. Ce jeune couple anonyme baisant pour moi. À quelques malheureux kilomètres de chez moi. Et encore d'autres…

J'aurais aussi pu te parler de mon clébard. De mon corps. De ses douleurs. De la vie avec ma mère. De celle avec mon père. De mon histoire de cul à la fac. De mes expériences de pseudo-médecine. De ma dépendance aux médias. À l'actualité. À la politique. J'aurais aussi pu te parler des discussions que j'ai tapées sur *camacam.fr*. Des gens que j'y ai rencontrés. Des amis. Des amies. Certaines furent profondes, d'autres banales. Mais je n'avais pas envie d'exposer ma vie pour m'exposer… Juste pour me faire comprendre un peu… Un peu de ce qui persiste le plus profondément en moi…

Chapitre 63

Jeudi 20 mai 2021

Ce soir, je remonte mon courrier. J'y ai pêché la réponse du docteur. Du docteur Égoir. Juste l'idée de quelques mots flasques. Baratin new-âge qui n'a pas plus de consistance que les autres défécations taurines. Quelques idées remontées d'un monde qui ne m'appartient pas réellement. Je ne suis pas certain qu'il ne m'ait déjà appartenu un jour. J'ai, sans doute, flirté un temps avec, mais ça n'a jamais été beaucoup plus loin…

Cher Léon,
Quand je prends en charge un être, c'est pour lui donner tout mon amour, propager ce qu'il y a de meilleur en lui. Hélas, les choses ne sont jamais réellement telles qu'on l'espère, cette affection ne t'a peut-être pas touché comme elle aurait dû. Je ne peux qu'offrir ce que la plupart des gens recherchent, mais parfois, les cheminements s'étiolent sur des voies plus compliquées alors aimer ne suffit plus à rendre les destins paisibles. Il arrive que je ne sois pas ce que les âmes attendent. De temps à autre, est-on obligé de passer par là pour rebondir, mais l'essentiel est de ne pas laisser s'évader l'espoir d'une vie retrouvant son sens. Parfois, la mélancolie fait partie de ce trajet vers la joie.

Les existences se jouent souvent d'un destin compliqué ; semées de nombreuses embûches entre lesquelles nous faisons de notre mieux pour y cheminer. Certains appelleront ça le hasard, d'autres le destin, d'autres, encore, le nommeront karma. On pourrait penser qu'il nous dépasse et nous rend à notre impuissance, je préfère juste penser qu'il se contente de nous offrir les défis nécessaires à avancer vers un être meilleur et devenir un Homme plus évolué même si certains prendront une autre route. Sans doute, est-ce ton cas. Sans doute, la chance viendra-t-elle à toi ces prochains temps. Il y a une force, en chacun de nous qui peut aller la chercher et tu en es capable, si tu le veux ! Le bonheur t'appartient autant qu'à nous tous !

J'espère juste que tu sauras prendre cette voie au moment où elle s'offrira à toi. N'oublie pas que je suis là pour t'aider, que l'agnotologie est là pour t'aider. L'existence ne devrait jamais se laisser envahir très longtemps par la noirceur. Tu as tellement d'autres choses à faire et d'autres choses à vivre. J'ai toujours pensé que tu avais quelque chose à accomplir sur cette terre si tu décides de la rendre meilleure, si tu décides de rendre ta vie meilleure. C'est tout ce que je peux te souhaiter.

J'espère que la paix te trouvera,

Edmond, E.

Non ! Je n'ai pas envie de rendre ma vie meilleure... Il ne reste rien, en moi, qui aie véritablement envie d'être meilleur. Seul reste, en moi, ce perpétuel besoin de détruire... De me détruire... Juste ce besoin, idiot et pathétique comme moi !

Après quelques minutes de réflexion

Je crois qu'au fond de moi, trône réellement le syndrome du pauvre con. Je n'ai pas envie que l'on m'aide ! Je n'ai jamais eu envie qu'il m'aide ! J'avais juste envie qu'il se trouve un peu con ! J'avais juste envie qu'il s'en veuille un peu… Au fond de moi, je ne crois pas avoir envie de trouver la paix. Je désire juste qu'il ne trouve pas la sienne. J'ai juste envie de détruire un peu plus… Je peux être pas loin de ce qui se fait de mieux en matière de connerie humaine…

Chapitre 64

Vendredi 28 mai

Je plonge dans la déraison. Ma haine pulsionnelle s'écroule sur du non-sens. Les gens ne plongent jamais dans l'absurdité par hasard. Ils se laissent happer parce qu'ils sont eux-mêmes. Rongé par les excréments que la vie leur a laissés. Peut-être que notre ineptie est toujours le fruit d'autres inepties… Peut-être… Ces putes, elles nous cassent. Elles nous rendent esclaves. Esclaves de notre super égo peut-être aussi, parfois… J'ai fini par croire que l'on n'était pas grand-chose de plus que des objets inertes. Que de sombres loques à la recherche de ce que l'on est incapable de s'offrir.

Après quelques instants de réflexion

Et puis merde, je parle toujours de moi ! Je ne parle que pour moi ! Et quand je parle des autres, c'est pour y projeter mes propres excréments. Je m'enfonce… Je m'enfonce juste dans ma propre médiocrité et j'y emporte absolument tout ce que je peux toucher…

Je sais… Je le sais ! Je suis complètement con. Aberrant. Inconséquent. Inconscient, peut-être… Peut-être, je n'en sais rien… Tout ce que je sais, c'est qu'à partir de ce moment, je me suis enfoncé toujours plus profondément… Toujours plus profondément dans la crasse désolante et malheureuse de ma cervelle. Juste pour me prouver qu'il n'avait pas eu raison. Que je ne pourrais pas être un asexué heureux… Être un sombre connard, ça peut être plus jouissif…

Chapitre 65

Samedi 5 juin 2021

Ils arrivent. La chaleur printanière, la douceur noctambule et surtout la fin des mesures barrières, ces putes ! Alors je recommence à sortir mon fion désespéré de sa tanière un peu puante. Ce soir, je me retrouvais là… Entre ce flot de carcasses de pétroleuse quadricycle… La mienne était garée à côté de celle d'un mec. Encastré dans son habitacle. Matant les lumières qui scintillaient dans l'obscurité d'une nuit, à nouveau, festive. Quand je passai, il ouvrit la fenêtre. C'est ainsi. Un infirme produit systématiquement des comportements inattendus.

— Bonjour, vous allez bien ? me dit-il.

— Oui nickel et toi ? Le voussoiement m'a toujours horrifié passé 22 h. Il se perpétue juste pour sous-entendre que tu n'es plus très légitime à la débauche.

— Ça va, bonne soirée !

— Bonne soirée à toi !

Je m'évapore, de nouveau, au fond de ces nuits pathétiques. Repensant à la baise d'hier soir sur *camacam.fr*. Me demandant ce que ça allait changer le fait que l'on joue avec ma zigounette virtuelle… Et puis, je me suis remis à tituber au fond de nulle part.

Entre ce flot de culs juvéniles. Ne me restait plus que l'impression d'être un Marc Dutroux en plus pitoyable. Ce pervers qui n'assume toujours pas. Juste un désir qui ramène éternellement à une pensée suicidaire… Et puis…

Et puis, il y avait la probabilité de revoir mes potes de beuveries. L'idée de les croiser créait perpétuellement de la terreur. Au fond de moi, je me rendais compte que je ne les supportais pas ! Que je ne les supporte pas comme je ne me supporte pas ! Je suis devenu cet être virtuel. Fait pour la virtualité. Fait pour la brutalité virtuelle ! Pour ce monde de déraison sociale ! De ces insultes tendres et assassines ! De pulsions primaires tel un rappel régressif de l'innocence enfantine. De ces quatre ans. De cet âge où l'on se castagne sans pudeur. Madeleine de Proust d'un monde sans pression sociale. De l'âge où l'on peut encore jouer à l'intifada des mottes de terre. Mais là, c'était le temps de retomber dans le marasme de conventions inconsistantes. Seul, assis sur un banc, matant la foule qui passait comme pour mieux savourer mon désert affectif, j'imaginais ma rencontre avec eux… Je ne pouvais pas me l'imaginer ! Ce n'était juste pas possible d'aller plus loin ! Ce n'était juste pas possible… Je ne pouvais pas… Une phobie est une phobie ! C'est la définition d'une phobie ! Elle n'est là que pour paraître impossible. Je le sais ! Je le savais ! Mais je n'y pouvais rien… Entrer dans ce nouveau monde m'était impossible. Ma violence ne pouvait pas se *wokiser*… Je ne peux pas… Je ne sais juste plus où aller…

Après quelques minutes de réflexion

Est-ce grave, au final ? Je n'en sais trop rien… Et si j'acceptais… Et si j'acceptais de vivre ainsi… Entre solitude, baise virtuelle et clash binaire… Je ne sais peut-être rien faire de mieux… Peut-être… Peut-être que je ne sais juste pas être moins pitoyable… Que je ne suis juste pas fait pour être moins détestable… Que je suis juste un gros con ! Imbuvable ! Seul dans cette foule timidement festive. Seul devant la jeunesse qui s'évapore, une joie de vivre inexistante et une vie sociale intolérable. Je ne sais même pas si je voulais rencontrer des gens en vrai… Être apprécié en vrai… Baiser en vrai ! Probablement, mais la réalité n'est que dégoût… Dégoût de moi-même… Je n'y arrive pas comme je ne supportais plus la puanteur de la fête. Alors je décidai de me casser et retombai sur le mec seul dans sa voiture.

— Re Salut

— C'était bien ?

— Oui, plutôt cool… Bah oui, dans une interaction sociale, seul compte le mensonge, la vérité n'est là que pour meubler.

— Il y a de la chatte ce soir ?

— Mais on se noie dans un océan de chattes

Seul dans sa voiture, j'avais peut-être juste trouvé le seul mec plus névrosé que moi dans cette ville… Il ne reste plus qu'à réintégrer la réalité… Elle est juste plus agréable quand elle s'éloigne de la vraie vie… Quand il ne reste plus que toi, petit con, pétasse, tu es sans doute la seule personne que je sois encore capable de supporter. Reste mon retour chez moi avec le son de Microco dans mon autoradio.

Comment je suis devenu un gros con

J'ai envie de l'aimer,
Mais j'sais pas être aimé.
L'amour finit dans l'cul
Et toi, tu finis tout nu.

On te bouffe tout cru
Cloîtré dans un fantasme.
Dans le rêve saugrenu
D'une cervelle en flamme…

Alors ma bite pisse.
Elle leur pisse dessus…
Parce que je dois me vider…

Je vis tel ce connard,
Qui supporte pas les gens
J'ai envie de coquard
Dans votre gueule en sang

Moi, je vis toujours seul,
Moi, je me baise tout seul,
Moi, je m'enivre seul
Moi, je me hais tout seul !

Épilogue

Jeudi 7 avril 2022

Le temps passe, infâme ! Il passe… Il passe et l'écriture laisse place à la relecture. À la réécriture. C'est ainsi, quand on n'est pas doué, on essaie toujours de compenser. Compenser par le turbin ! Par son aptitude à se traiter de con ! Probablement mon seul reste de talent ! Quand j'écris, je commence toujours par vomir et après je réfléchis. Quand j'écris, je pense à moi. Quand je me relis, je pense à toi, petit con. Pétasse, tu deviens le centre de mon attention. Je me rends compte que je fais ça pour toi ! J'essaie de me mettre à ta place. J'essaie de devenir toi. J'essaie… Sans y arriver véritablement… Au fond de moi, je serais toujours le connard qui a écrit ses maux ! Qui les a décrits ! Qui les a ressentis ! Qui les a vécus ! Mais j'ai peut-être besoin de devenir toi… De m'extraire de moi… De prendre du recul… Peut-être, tout simplement, de prendre du recul… Prendre du recul et me dire que je ne peux pas vraiment vivre sans toi. Que je reste un animal social même si je suis un gros con ! Même si je suis un peu autiste…

J'ai juste besoin que tu m'aimes ou que tu me détestes pour ce que je suis ! Je vis avec le besoin de flinguer le fantasme que tu as de moi, peut-être... Peut-être que pondre ce capharnaüm, c'était m'autoriser, de nouveau, à être apprécié... Mais pas apprécié pour ce que je ne suis pas. C'est me guérir un peu des autres. C'est me guérir un peu de ces autres. De ces autres qui m'ont incarcéré dans leur amour parce que je n'ai jamais réellement su affirmer ma puanteur. Affirmer ma perversité ! Affirmer ces mots ! Affirmer ces maux ! Peut-être, juste affirmer mon haricot puant... Peut-être... Peut-être...

Je n'ai, sans doute, pas choisi la bonne espèce pour vivre sans toi. Je n'ai pas choisi le bon monde... Me rappeler que j'ai besoin de toi, c'est peut-être me rappeler que je suis toujours un peu humain... Que j'appartiens toujours un peu à cette espèce foireuse... Que l'on est programmés pour vivre en bande même si mon logiciel, à moi, il est gangréné par les bugs. Même si mes parents n'avaient probablement pas les moyens de m'offrir une cervelle de bonne qualité. Même si cet amas gluant ne peut pas m'offrir un lien aux autres potables, elle ne peut pas véritablement faire sans...

Et puis, il y a toi... Toi qui as lu ! Toi qui m'as lu ! Toi qui as accepté mes excréments, peut-être... Finalement, je crois que j'ai envie que ça change ! J'en ai peut-être besoin... Je crois que j'ai envie de faire quelque chose avec toi ! J'avais, sans doute, juste besoin de me faire un peu comprendre... Au bout du gland, je me dis que j'aurais presque pu vivre dans le monde avec toi. Que j'aurais presque pu partager un bout de mon monde. Je me dis que je finirais toujours par avoir de l'affection pour toi, que tu m'aies filé des torgnoles ou pas ! Que j'aie eu envie de te buter ou pas ! Que tu aies eu envie de me buter ou pas ! Que tu m'aies donné envie de clapser ou pas ! Au fond de moi, tu me fascineras toujours.

Au fond de moi, je crois que je t'aimerais toujours un peu. J'ai peut-être le même type d'amour désenchanté qu'une actrice porno a pour son public. Après tout, je ne fais que vendre mon intimité. J'écarte mes viscères devant toi ! Mais toi, tu es ma vieille couille qui fait de plus en plus partie de ma vie !

Comment je suis devenu un gros con

Remerciements

Il en va d'un exercice impossible que de remercier des individus. En mettre en avant certains, c'est forcément en oublier d'autres, c'est oublier que l'on ne serait jamais réellement ce que l'on est sans un flot de relations qui nous ont construits. Qui ont donné un sens à ces mots. Qui leur ont donné le droit d'exister. De se vautrer comme ils se sont vautrés. Ils sont peut-être le résultat de tous ces liens humains que j'ai pu entretenir.

Et pourtant, il est difficile de faire sans, tant certains ont été incontournables dans la fabrication de ce gros caca. On a toujours besoin de laxatif, finalement. On a peut-être toujours besoin de quelqu'un pour révéler une partie de nous-mêmes… Je n'en sais trop rien.

En tout cas, il m'était impossible de ne pas remercier Lolita. C'est ainsi, dans la vie, il y a des êtres qui te portent. Qui sont capables de te rendre meilleur que tu ne l'es en réalité. Sans elle, ces quelques mots se seraient écrasés contre un néant muet. Ils n'auraient jamais été devant toi. Tu n'aurais jamais pu les renifler. Elle m'a permis de te donner ce que je n'aurais jamais su te donner sans elle. Aujourd'hui, je suis ce que je n'aurais pas été sans elle. Elle a peut-être juste eu le don de me rendre moins con.

Je ne peux pas non plus ne pas évoquer Wafa, qui a su me prendre et m'amener ailleurs. Vers une rigueur de l'écriture que je ne connaissais pas. Elle a su me donner un peu de ce que je n'avais jamais appris. Un peu de sa vision professionnelle, enrobée d'une énorme humanité qui ne pouvait que me toucher.

Je ne peux pas, non plus, passer à côté de mon Jérôme, lui et son regard tellement particulier, et pourtant tellement proche de ce que je vis. Celui qui me donnait son temps quand j'en avais besoin. Qui était là face à mes élucubrations nocturnes, quelque part entre amitié et coup de pied au cul pour avancer vers quelque chose de meilleur.

Merci à Alice, qui a posé le point final de ce livre.

Merci à mes parents, qui ont su accepter mon caractère de merde, tout en me donnant la curiosité maladive d'à peu près tout. Et l'amour des mots. Même quand ils sont inutiles.

Merci à toutes ces personnes qui ont partagé, qui ont traversé ce texte et qui m'ont donné l'autorisation de trahir leur intimité. Qui m'ont donné l'autorisation de faire quelque chose de ces mots.

Sur la toile :
www.leontheux.ch

Instagrame :
https://www.instagram.com/laithonteux/

Facebook
https://www.facebook.com/groups/8911053112337456

Les créations musicales de Lolita Jnecolazik et de sa bande
https://www.youtube.com/watch?v=ZlJjTj8xZpw